小動物系令嬢は
氷の王子に溺愛される

翡翠

ビーズログ文庫

目次 contents

ウィリアム・ザヴァンニ
ザヴァンニ王国の第一王子。近衛騎士団の副団長を務めている。『氷の王子様』と呼ばれているが、リリアーナには激甘で……？
リリアーナ・ヴィリアーズ
花よりスイーツが好きな伯爵令嬢。背が低く童顔であることを気にしている。王太子妃の座には一切興味ナシ！
人物紹介 character

ダニエル
ウィリアムの幼なじみ兼補佐役。リリアーナからつけられたあだ名は『ダニマッチョ』。
ケヴィン
近衛騎士団一の問題児。別名、エロテロリスト。
イアン
リリアーナの兄。妹を溺愛中。
エイデン
リリアーナの弟。姉を溺愛中。

イラスト／亜尾あぐ

第1章　王子様の婚約者にされました

「どうしても行かなければなりませんの？」

伯爵令嬢であるリリアーナ・ヴィリアーズは困ったように眉をハの字に下げ、父親でありヴィリアーズ家当主であるオリバー・ヴィリアーズに問うた。

書類仕事で忙しく、今は若干の疲れが見えるが、若い頃は大層モテたであろう精悍な顔つきは、年を重ねることにより渋みが増し、マダム達の間では大変人気が高いお方である。

しかし彼は有名な愛妻家であり、他のどんな女性にも靡くことはない。

それもまた、彼の人気が急騰する理由となっているのだ。

上位貴族の家に生まれたからには、いずれ何処かの家へと嫁がねばならないことはリリアーナとて理解しているが、出来ることならば両親のように愛ある結婚をしたいと思っている。

それが無理でもせめて相手が尊敬出来る相手であればと願っているが、実際目の前のこの父から嫁ぐように言われたならば、たとえ尊敬出来ない相手であっても嫁ぐしかないのだ。

貴族の令嬢が自分の意思で結婚を決めるなど、位の高い貴族になればなる程難しくなる。

まあ心配せずとも、親馬鹿でもあるオリバーが妻に似たこの大切な娘を、尊敬も出来ぬような輩の嫁に出すなどあり得ぬことであるが。

「リリ、気が進まないのは分かるが、これは王家主催のパーティーであり、十四歳から十八歳までの未婚の伯爵家以上の令嬢は全員参加なのだよ。招待状に記載されてはいないが、エスコートは父親か兄弟でなければならないとのことだ。これはそう、完っ全なる王子とのお見合いのためのパーティーだろう」

そこまで言ってオリバーは小さく溜息をついた。

この王国には王子様が三人おられる。

第二王子のオースティン殿下には既に婚約者がいらっしゃるので、今度のパーティーは第一王子ウィリアム殿下か第三王子ホセ殿下のお相手探しなのだろう。この王子様達はとにかく見た目が極上で、令嬢達からの人気がすこぶる高い。

ウィリアム殿下は笑った顔を見たことがないと言われる程に、常に仏頂面をされているため『氷の王子様』と呼ばれているが、近衛騎士団副団長という地位を実力で手に入れた方であり、その実力は折り紙付きである。

剣の腕がめっぽう強く、自分より弱い者に護られるなどあり得ないと、自ら近衛騎士団へと入団し、団員の育成を始めてしまった猛者である……らしい。

らしいというのは、リリアーナは王子様達に全く興味がなく、そういった噂を話半分にしか聞いていなかったためだ。

そして常に笑顔を絶やさぬオースティン殿下は、まさに絵にかいた王子様のようだと評判も高く『微笑みの王子様』と呼ばれている。

ちなみに婚約者は、幼なじみであり深窓の令嬢と言うに相応しい侯爵令嬢である。

ホセ殿下は上の二人と違ってとても可愛らしい容姿をされており、『天使様』と呼ばれている。本人は可愛らしい容姿にコンプレックスを持っているようなので、この呼ばれ方はとても屈辱的であろう。

いずれにしても、このお見合いパーティーには参加の一択しかないのだ。

王子様には全く興味もないし、どうでもいい。

けれどもせっかくパーティーに参加するのであれば、王宮の美味しい料理を心ゆくまで堪能してこようと、リリアーナは明後日の方向に考えを巡らせた。

「リリ？　君は私が望んで出席させると思っているのかい？」

「い、いいえ。そんなことは……」

リリアーナの視線が泳いでいる。

この状況で全く別のことを考えていたなどと知られたらまずい。

「リリにお見合いなど、まだ早すぎるっ。出来ることならば、行かせたくない。だが、そういうわけにもいくまい。だから当日は、出・来・る・だ・け、目立たずに地味目にするように」

「はい、お父様」

リリアーナがしっかりと頷くと、オリバーは満足そうな顔をして、手元の書類に視線を落とした。それを合図にリリアーナは静かに執務室を出て、自分の部屋へと足を進めた。

ヴィリアーズ伯爵家の歴史は古く、王都より少し離れた領地はなかなかに栄えている。特産品は良質なお酒と酒粕を使った食品や化粧品などで、最近では薬草や珍しい果物などの栽培にも力を入れている。

過度な贅沢をしなければ、それなりに裕福な生活を送ることが出来るだろう。

当主であるオリバーとその妻であるジアンナの間には、長男のイアン（十九歳）と長女のリリアーナ（十六歳）と次男のエイデン（十四歳）がおり、イアンは学園の卒業と同時に次期当主として色々と学び始めている。

リリアーナとエイデンは現在、学園に在学中である。

イアンとエイデンは父親であるオリバーの容姿を受け継ぎ、長身でサラッと手触りの良い銀髪に切れ長のエメラルドのような濃いグリーンが印象的な瞳。そして男らしく凛々しい整った顔立ちをしている。

イアンは銀髪を短く刈り込んでおり、エイデンは胸までの長さの髪を後ろで一つに結んでいる。

リリアーナは母親であるジアンナの容姿を受け継いでおり、背は低く明るい茶色の髪は緩やかなウェーブを描き、クリクリとしたエメラルドのような大きな瞳にぷっくりとした可愛らしい唇。そして謙虚な可愛らしい胸……。

見た目的には実年齢より三歳程幼く見えるのだが、本人はそれをいたく気にしている。

小さくてとても可愛らしい見た目に、小動物的なイメージを持つ者も多いのだが。

決して皆の想像しているような可愛らしくただ震えるだけの小動物ではない。

負けず嫌いで案外ちゃっかりしているし、逃げ足はさながらガゼルのようである。

恋愛小説を『恋のバイブル』と呼び、好んで読んではいるが、現実では花よりスイーツな、美味しい食事やお菓子をこよなく愛する乙女である。

父からの了承も得られたため、パーティーで王宮の壁と同化するような色合いの地味目なドレスを選び、宝石も派手すぎない上品なものを選んで侍女達に用意させる。

王宮でのパーティーなので、地味すぎてもダメなところが難しい。

ウィリアム殿下やホセ殿下の婚約者の座を狙う令嬢はとても多い。

というよりも、全く狙う気のない令嬢はリリアーナくらいのものだろう。

きっとお見合い当日は、目がチカチカする程に着飾った令嬢達が集うのではないだろうか。

リリアーナは面倒だと言わんばかりに『私は王子様を狙っておりません』アピールを前面に出しているであろう地味目のドレスと宝石を見て、満足そうに頷いた。

「当日のメイクは薄めでお願いね」

当然のように言うリリアーナに、侍女であるモリーは呆れたように笑う。

「王宮のパーティーに地味にしてだなんて、そんなことを言うのはお嬢様くらいですよ。逆に目立つんじゃないですかねぇ？」

「いいえ、目立ったらダメなのよ。とにかく空気になりたいの。パーティーの間は壁と同化出来るように、わざわざ王宮の壁と同色のドレスを選んだのだから。あ、コルセットの締め付けは不要よ？　王宮のパーティーならきっと美味しいものがたくさんあるはずだもの。王子様よりご飯とデザートだわ」

「お嬢様、王宮のパーティーでお腹いっぱい食べるなんてことは、く・れ・ぐ・れ・も、なさらないでくださいませ」

「そんな、酷いわ、モリー！」

「お嬢様？」

「……はい」

侍女のモリーはヴィリアーズ家のメイド頭の娘であり、リリアーナとは姉妹同然に育ったため、遠慮も容赦もない。

そんなモリーに頭が上がらないリリアーナであるが、侍女はパーティーには同行できない。

……黙っていれば、バレませんわよね。

王子様のお相手は自分以外のどこかの令嬢なのだから、その間に私は王宮の豪華料理を存分に楽しませてもらいますわ！

あっという間に時間は過ぎ、気が付けばパーティー当日の朝を迎えていた。

いつもより少し早めの時間にモリーが起こしに来る。

「お嬢様、おはようございます」

「ん、おはようモリー。あと三十分……」

そう呟きながらモゾモゾと布団に潜り込み、頭までキッチリと隠れる。

しかし、モリーがそんな様子に動じることはない。

「いけません、お嬢様。今日は忙しいのですから、チャッチャと起きてくださいませ」

言うが早いか、布団をリリアーナから容赦なく引き剥がす。

「酷いわ、モリー」

恨みがましい目で不満を口にするも、即座に言い返されてしまう。

「今日は忙しいと申し上げました。それともお一人で準備されますか？」

その言葉に今日がお見合い当日であることを思い出し、リリアーナは慌てて飛び起きた。

「そうですわ！　今日は王宮の豪華ディナーの日ですわっ!!」

そんなリリアーナの姿を見て、モリーは『うちのお嬢様が残念すぎる』と深い溜息を一つついた。

ご機嫌に洗面台へと向かうリリアーナ。

顔を洗い朝食前の着替えを手伝ってもらい、鏡台の前に座る。

緩くウェーブを描く明るい茶色の髪を梳りながら、今日の予定を淡々と伝えるモリー。

そこにはいつもの余裕がなく、余程忙しいだろうことが窺える。

「朝食を召し上がった後、入浴と全身マッサージ。その後ネイルとヘアメイク、最後にドレスに着替えて、イアン様のエスコートで会場へ向かって頂きます」

「イアン兄様のエスコートなの？」

リリアーナは思わず満面の笑みを浮かべ振り返る。

すると「前を向くっ」と言われ頭をグリンと強制的に前へと向けられてしまう。

そのまま支度を終えると「朝食の準備が整い次第参りますので、少しお待ちくださいませ」と、紅茶を淹れてモリーは部屋を後にした。

リリアーナは落ち着いた質の良いソファーに腰掛けながら、王宮の料理に思いを馳せる。

朝食を頂いた後、お風呂で頭のてっぺんからつま先までみっちりと余すことなく洗われ、その後全身マッサージが施される。

この辺りで既にお昼の時間だが、ゆっくり食事を摂る時間などあるはずもなく。

ネイルの途中に簡単につまめるような、カナッペやサンドイッチなどが用意されていたが、リリアーナはこの後の王宮の料理に備えて手をつけずにいた。

ネイルが終われば、次はヘアメイクである。

メイク担当の使用人とヘア担当の使用人、そしてその補助役がリリアーナの周りを囲み、舞踏会用のリリアーナという一期一会のアートを作り出していくのだ。

リリアーナ自身は童顔でとても可愛らしい顔立ちをしている。

色白な肌はきめ細かく、無駄に塗りたくらずとも素材を引き立てるだけで十分。

今回は実年齢に近く見えるように少しアイラインを強めに引き、派手にならないようナチュラルメイクにして、髪はサイドを緩く編み込んでアップにした。

本人たっての希望により、コルセットは気持ち程度にしか締めていない。

王宮のホールの壁と同色のドレスを身に纏い、上品で控えめなネックレスにイヤリングをつければ完成だ。

「とても可愛らしいですわ」

口々に使用人達が褒めてくれるが、姿見の前に立てば、王宮の舞踏会に行くには地味……いや、些か控えめな令嬢がそこに佇んでいた。

「よし！　これなら『王子様を狙っておりません』アピールが出来てますわね？」

リリアーナは満足そうに何度も頷いて、本日のエスコート役である兄イアンの元へと向かった。

「普通なら少しでも王子様の目にとまるために着飾るものなのに、うちのお嬢様は……」

「狙っていませんアピールって、誰に向かってアピールするつもりなんですかねぇ」

「王子様より王宮の料理って……」

「少し幼く見えるかもしれませんけど、着飾ればかなりのものですのに」

「「「はぁぁ……」」」

リリアーナのいなくなった部屋では、使用人達が残念そうに盛大な溜息をついていた。

「イアン兄様」

ノックをすると同時に返答も聞かずに部屋へと飛び込むリリアーナ。

本来ならば許可が出てから入るべきだが、リリアーナに甘いというより激甘なこの兄は、全く気にする素振りもない。

「リリ、いつも可愛いが更に可愛くしてもらったんだね」

髪型が崩れないように気を付けながら、満足そうに頭を撫でる。

今日のリリアーナはかなり地味……控えめに装っているのだが、この兄にはそんなことなど全く関係ないようである。

どんな姿のリリアーナでも、この兄であればきっと褒めちぎるに違いない。

リリアーナは本日のエスコートが兄のイアンであることに、とてもご機嫌に笑顔を浮かべ、大人しく撫でられたままだ。

そんな嬉しそうなリリアーナの様子に、イアンの機嫌もすこぶるよろしい。

父オリバーのエスコートでは、美味しい料理をお腹いっぱいに食べることなど不可能であるが、リリアーナに激甘なイアンのエスコートであればそれが可能である。

まさかそんな理由で、可愛い妹が自らのエスコートを喜んでいるとは思ってもいないイアンであった。

「姉様いる～？」

ノックの音がして、またもや返事を聞かずに次男のエイデンが入ってきた。

室内にリリアーナの姿を見つけると、これ以上ない程の笑顔で駆け寄り「わあ、姉様可愛い～」と抱き締める。

エイデンも既にリリアーナの身長を大幅に超しているので、背の低いリリアーナはすっぽりと埋もれてしまった。

エイデンはリリアーナの髪型が崩れないように気を付けながら頭に頬をスリスリし「可愛い可愛い」と言い続ける。

そこまで気を遣うのならば、スリスリしなければいいだろうと思うのだが、彼の中にその選択肢はない。やはり兄が兄なら弟も弟といったところか。

見た目だけならば姉と弟というより完全に兄と妹にしか見えず、一見微笑ましい光景ではあるが、結婚適齢期に入った姉にする行為ではない……はず？

だが、ここヴィリアーズ家ではいつもの光景であり、今更誰も気にしていない。ただ一人を除いて。

「エイデン、いくら私が小さいからといって、子ども扱いするのはやめてください！」

現在進行形で頬擦りされているリリアーナがエイデンの拘束（？）から抜け出そうともがき始める。

そんな調子で兄妹三人で会話を楽しんでいると、イアンの従者がそろそろ出掛ける時間であると告げた。

リリアーナが先に馬車に乗り込むと、エイデンが「僕が姉様をエスコートしたかったのに」とイアンに愚痴る。

「悪いな、それじゃあ行ってくるよ」

「変な虫がつかないようにしっかり見張ってよね」

「了解」

このように一家揃ってガードされているため、リリアーナには今のところ虫一匹近付く隙もないのである。

適齢期の令嬢にそれもどうなのか、と思う者は多々いても、口に出せるような強者はいない。

番犬よろしく付き従う兄と一緒に馬車に乗り、リリアーナは王宮へと向かった。

招待状があるためスムーズに王宮へ入ることが出来たが、車寄せの辺りで混雑しておりしばらく馬車の中で待たされることになった。

「このまま帰ったらダメかしら？」

「リリ？　私としてもその方が嬉しいけれど、今日ばかりは無理だな」

「分かっております。……ちょっと言ってみただけだわ」

拗ねたようにそう言うと、窓から前に続く馬車の列を目にして、盛大な溜息をついた。

「希望する令嬢だけのパーティーにすればよろしいのに」

仕方ないとは思っているものの、まだまだ時間が掛かりそうな馬車の列に、つい恨みがましい言葉が口をついてしまうのだ。

イアンは苦笑しながら、リリアーナの頭をポンポンする。

「王宮主催のパーティーなら、リリの好きな美味しいものがたくさんあるから、な？」

「そうですわね、せっかく王宮まで来たのですもの。たくさん美味しいものを満喫して帰りますわ」

王宮もリリアーナにすれば『こんなところ』呼ばわりである。

モリーに食べすぎるなと言われたこともすっかり忘れ、思いは豪華なブッフェへと飛んでいる。

すっかりご機嫌な様子の妹に、楽しそうに目を細めるイアンであった。

ようやく車寄せへと馬車をつけると、リリアーナはイアンと共に馬車から降りた。

ここからは人目があるため、先程とは百八十度変わって、どこからどう見ても完璧な令嬢へと擬態する。

小柄なリリアーナが小さいとからかわれないために身に付けた社交術である。

本当に、嬉々としてブッフェを楽しむ姿さえなければ、完璧な令嬢に擬態出来るだけに、とても残念だ。


会場へと向かう廊下も流石は王宮である。

床の絨毯はピンヒールで歩いても音が響かないし、所々で目にする綺麗な花達は、高価そうな花瓶に活けられている。

長い廊下を抜けて会場に辿り着くと、そこにはとても煌びやかな、絵本に出てくるような光景があった。

高い天井からはキラキラと光を放つシャンデリアが幾多も吊り下げられており、その下は色とりどりの衣装を身に纏う人で溢れていた。

「目に優しくない光景ですわね」

リリアーナが思わず呟くと、イアンも同意する。

「今日は一段と目がチカチカするな」

いつもであれば、ここで『見た目良し、将来有望』なイアンに令嬢が殺到するが、今日はいつもの五割減といったところか。

社交辞令の挨拶を適当に済ませ、いまだどこかの令嬢達に捕まっているイアンを放置して、リリアーナは壁側へと避難する。

気合いの入った令嬢達は香りもいつも以上で、個々の香りは良くとも混ざると公害になる。

会場内へは爵位の低い者から入っていくので、侯爵家や公爵家の令嬢は待機するための部屋で寛いでいるはずで、今会場内にいるのはリリアーナと同じ伯爵家の令嬢とその家族である。

子爵家と男爵家は、本日は招かれてはいない。

令嬢はもちろんのこと、その親兄弟達も身内を王子様の婚約者の座に据えようと、瞳をギラギラとさせている。

この空間にいる令嬢達は全て、謂わば『ライバル』にあたるのだ。

皆表面上は貼り付けたような笑顔を浮かべているが、他の令嬢をチェックする鋭い目つきは隠しきれていない。

だが、リリアーナは当初の予定通り、『私は王子様を狙ってはおりません』アピールが効いたのか、早々に鋭い視線から解放されたのである。

（しめしめ、いい調子ね。この後国王様達への挨拶を終えれば、美味しいお食事が待ってますわ）

そのためにお昼を抜き、コルセットも緩めにし準備万端でやってきたのだ。

リリアーナは部外者よろしくブッフェの食事を頂きながら、高みの見物を楽しむつもりだ。

招待客の全てがホールへ集まり、いよいよ国王一家のご入場である。

挨拶は爵位の高い者からとなるため、侯爵令嬢の後の列に並ぶ。一人一人の挨拶は短くとも、数がいるので時間が掛かる。

とても美しいお辞儀をする令嬢もいれば、初々しい令嬢もいたり。こうして観察していると、マナーの先生が言っていたことがよく分かる。

ようやく自分の番が回ってきたので、リリアーナは気を引き締めた。

「ヴィリアーズ伯爵家長女のリリアーナと申します」

この場にマナーの先生がいたら、完璧と褒めてくれるであろうカーテシーで挨拶を済ませ、不機嫌オーラを出しまくっている第一王子様と目が合わないように視界の端だけに留め、早々にまた壁の花へと戻る。

どうやら今日のお見合い予定は、氷の王子様こと第一王子ウィリアム殿下で間違いなさそうだ。

一通り挨拶が終わると、第二王子のオースティン殿下と婚約者である侯爵令嬢が中央のスペースへと向かい踊りだす。

それにつられてポツリポツリと踊りだす者が出始めたところで、ようやくブッフェにありつけるとばかりにリリアーナは足を進めた。

流石は王宮のパーティーである。

美味しそうな料理がズラリと並び、どれから頂こうか迷う程だ。

ここザヴァンニ王国は海に面していないために魚は物凄く高価なのだが、王宮主催のパーティーともなると、魚料理もブッフェに並んでいる。

料理の前には数人の料理人がいるので、お願いして少量ずつ綺麗にお皿に盛ってもらった。

盛り付けの美しさも、食欲をそそるスパイスの一つである。

壁側に並べられた椅子に腰掛け、早速盛ってもらった料理達に舌鼓を打ちながら、リリアーナは観察を始めた。

今日は伯爵家以上の爵位の方々しかいないため、通常のパーティーよりもそれぞれの装いがよく見える。それでも大勢の貴族達で溢れてはいるが。

あくまでも第一王子様の見合いの場ということで、独身男性はゼロではないが、少ない。

ほとんどの令嬢が父親のエスコートで来ていて、ヴィリアーズ家のように兄弟にエスコートされている者は若干名しかいない。

しかし今日の主役である第一王子様は入場からずっと、動く気配がないご様子。

不機嫌オーラというか、近寄るなと言わんばかりの威嚇のオーラを発し続けている。

まだ王太子は決定していないものの、このままいけば第一王子のウィリアム殿下が立太子されるのはほぼ確定とされており、彼の婚約者＝王太子妃（将来の王妃）となる。

けれど王太子妃になるためには、七面倒な教育を受けなければならない。

それに表面上は華やかな立場のように見えても、嫉妬の渦巻く中に放り込まれるわけで。

……そんなに王太子妃の座は魅力的ですかね？

私は全く興味はありませんけれど。

むしろそんな厄介な立場、こちらから願い下げです！

しかもお相手はあの『氷の王子様』。

一体何人のご令嬢が、あの威嚇オーラをかい潜っていけるのでしょうね？

それよりもこのサーモン、薔薇のように美しく盛られている上になんて美味しいのかしら。それにこの鴨のテリーヌも絶品ですわね。流石は王宮の料理ですわ！

リリアーナは、自分も一応当事者の一人であることなどすっかり忘れ、完全に傍観者に徹していた。

丁度お皿に盛られたものがなくなり、おかわりをするべく立ち上がったところで、自分を含む適齢期の令嬢の名前が次々と呼ばれていった。

おかわりに後ろ髪を引かれながらもお皿を使用人へと渡し、国王様達のおられる前方へと向かう。

いつの間にか演奏も止められ、煌びやかなホールはシンとしており、横一列に並べられた令嬢達以外の者達は、遠目にこれから何が起こるのかと眺めている。

すると、国王様に指示されたのか、ウィリアム殿下が全く気が進まないといった風に立ち上がり、リリアーナと反対側の端にいる令嬢の正面に進んでいく。

誰かのゴクリという喉の音が聞こえた気がする。

王子様のコツコツと歩く靴音がシンとしたホールに響く。

令嬢の二メートル程手前で一度ピタッと止まると向きを変え、一瞥することもなく一列に並ぶ令嬢達の前をゆっくりと歩いていく。

令嬢達は少しでも自分をアピールするためにニッコリと微笑んでみたり綺麗なカーテシーを披露するも、王子様は通り過ぎるのみ。

ついに一番端っこポジションにいたリリアーナの前まで来ると、ピタッと立ち止まり、視線を全く向けないまま、

「コレでいい」

という大変失礼な言葉を残し、サッサと一人、会場を後にしてしまった。

「へ？」

リリアーナはもちろん、他の令嬢達も意味が分からず呆然と佇む。

そんな中、最初に我に返ったのは王妃様であった。

側近にコレと言われたご令嬢を別室へ連れてくるようにと言い、側近はコレと言われたリリアーナの前まで来ると「こちらへどうぞ」と声を掛けた。

しかし、全く思ってもいない展開に頭がついていかないリリアーナはそこから動けずにいた。

そこへ慌てたようにイアンが駆け寄ってくる。

「リリ！　これは一体どういうことなんだ？」

両肩に手を置き前後に揺らしながら言われても、当のリリアーナの方がよっぽど意味が分からず、どうなっているのかを聞きたいと思っている。

なんで？　一体なんでこんなことに――？

周りの令嬢達も正気に戻った者から「なんであんな地味な子が」などの声が上がり始めていた。

第2章　リリアーナ、婚約回避に奮闘する

馬車から降りてきた我が子の姿を見て、ヴィリアーズ家当主であるオリバーは大変困惑した。なぜこの二人は、こんなにも憔悴しきった様子をしているのか、と。

訳が分からず、とりあえず話を聞くために応接室へと場所を移すことにした。

着替えることもせず、二人はヨロヨロと応接室のソファーへと沈み込む。

オリバーと妻であるジアンナが顔を見合わせ首を傾げ、どう声を掛けようかと思案していると、エイデンが待ちきれないとばかりに矢継ぎ早に質問した。

「二人とも疲れ切った顔してどうしたんだよ？　今日は王子様との見合いだろ？　誰か相手は決まったの？　それにイアン兄様、まさか姉様に変な虫つけたりしてないよねぇ？」

『王子様』と『変な虫』の部分で二人が明らかに過剰に反応したのを目にし、エイデンはここまで下げられるのかと思う程に声を低くしてイアンに問いかける。

「何？　本当に変な虫でもついたりしたの？」

ゆらりと立ち上がり、イアンを眼下に圧を掛けている。

イアンは汗をポタポタと垂らしながら、絞り出すように謝罪を口にした。

「……すまない、これ以上ない程にデカすぎる虫がついた」

「はあ？　どういうこと？　ちゃんと説明しろよっ！」

エイデンは聞くが早いかイアンの胸ぐらを摑み、半ば叫ぶようにして必死の形相で激しく揺する。

「エイデン、落ち着きなさい。それではイアンも話せないだろう？」

そこでようやくオリバーが諫めたために、エイデンは仕方なく手をイアンから離し、元いた場所へと腰を下ろした。

「これでちゃんと説明出来るようになったな。話せ」

イアンがホッと溜息をついたタイミングで、オリバーが有無を言わさぬ鋭い瞳をイアンへと向けた。

「三日後に当主と共に登城するように」

目の前には国王と王妃が座っている。二人共とても機嫌が良さそうだ。

「三日後……ですか？」

「そこで正式に婚約を決定する」

国王の言葉に思わずリリアーナは固まる。

「ま、まず持ち帰って当主である父と相談しまして……」

そうイアンが言いかけたところで、何も聞いていない風を装い国王はもう一度、満面の笑みで告げた。

「三日後、正式に婚約を決定する」

これは断ることは許さないと言外に言っているやつですね。

イアンとリリアーナの返事は「はい」の一択のみしかなかったのである。

「……というわけで、無理矢理でも何でも、初めて『氷の王子様』が選んだ相手ということで。国王様と王妃様は、リリアーナを何としてもウィリアム殿下の婚約者にするおつもりです」

そう言ってイアンは口を閉じた。いや、閉じざるを得なかった。

貴族社会というものは面倒なもので、余程のことがない限り、格上の爵位を持つ家からの求婚を断ることは難しい。

ましてや今回は、お相手が王子である。

いくら歴史の古い伯爵家とはいえ所詮は伯爵でしかなく、王家に逆らうことなど出来ない。

「……リリアーナは余程目立つことでもしたのかい？」

今日は地味目の装いで行かせたはずで、いくらリリアーナが可愛いからといって、特別な美人というわけではないのだ。

余程目につくような何かをしなければ、王子様の目に留まることなどなかったのではないのか。

そんな疑問が湧いて、聞いたところでどうにもならないのは分かっているが、オリバーは聞かずにはいられなかった。

「お父様に言われました通り地味に目立たぬよう、壁と同色のドレスを選び、壁の花になっておりましたわ。せっかく美味しいお料理を食べている最中に、見合い対象者は国王様達の前に、横一列に並ぶようにと呼ばれましたの。それでも私、頑張って王子様から一番遠いポジションをキープ致しましたのよ？　それなのに、なぜ私なんですの？　しかもあの王子。目も合わせずに『コレでいい』とかぬかしやがりましたのよ？　お陰で全種類食べようと思っていたお料理の半分も食せず帰る羽目になって……」

リリアーナは悲しそうに目を伏せて、溜息をついた。

「姉様？　ドレスがどうのこうの言う以前に、ダンスそっちのけで食べてるご令嬢って、物凄く目立つんじゃないですかねぇ？」

エイデンが呆れたように言うとリリアーナはムキになって言い返す。

「そんなことはないはずですわ！　大きな花瓶の横に、隠れるようにして座って食べましたもの」

「ちなみにその花瓶の色は、壁と同じ？」

「いいえ、薄いグリーンの綺麗な花瓶でしたわ」

「壁と同じ色のドレスの意味は？」

「あ……」

オリバーはそのやり取りを呆れたように見ていた。

「今更何を言っても仕方のないことだな。三日後に登城することは決定だ。今日はもう遅い。色々あって疲れただろうから、ゆっくり休みなさい」

そう言って大きく溜息をつくと、ジアンナと部屋を後にした。

「父上の言う通り、今日はもう休もう」

怒濤の一日に精神を疲弊させたイアンは力ない笑顔を浮かべ、リリアーナの頭を撫でると自室へと足を向ける。

エイデンとリリアーナもそれに続いて自室へと戻るのだった。

「そもそも何で私なんですの？」

夜着に着替え寝台に横になりながら、リリアーナは先程パーティーで起こったことを振り返っていた。

「目を合わせないどころか視界にも入れないように気を付けていたはずですのに。やはり花瓶の横にいたのがいけなかったのかしら？　いや、でもあの王子。『コレでいい』と言ってましたもの。それって、裏を返せば私でなくてもよいということでは？」

婚約回避の希望が見えたように感じたリリアーナであったが、すぐに壁にぶち当たる。

「国王様相手に、それをどうやってお伝えすればいいんですの？」

考えても浮かばない答えに、頭を抱えて寝台でゴロゴロと暴れた。

「……どうしても行かなければいけませんの？」

困ったように眉をハの字に下げて、無駄だとは思っていても最後の抵抗を試みるリリアーナ。どこかで見たような光景である。

実はこの三日間、何とか婚約話をお断りするすべはないものか、色々考えてはみたものの、全くいい案が浮かんでこなかったのである。

一度婚約が確定してしまえば、余程のことがない限りこちらから破棄することはまず無理であろう。

ということは、だ。

本日の登城で何とかそれをなかったことに出来なければ、リリアーナは次期王太子の婚約者になるということだ。

王太子妃、それは将来の王妃である。

この国に限らず王太子の婚約者は、成人前までに決められることがほとんどである。

それというのも、将来王妃になるためには十年以上掛けて『王妃教育』なるものを受けなければならないためである。

けれども、王太子にほぼ決定している第一王子ウィリアムはもう二十三歳。

ウィリアム殿下が成人しているということは、彼と婚約なんてことになった場合、本来十年以上掛ける王妃教育をわずか数年で吸収しなければならないわけで。

……なんて面倒くさい！

しかも王宮での窮屈な生活を強いられるのでしょう？

激しく登城したくないと思ってしまうのは、仕方がないですわよね？

「リリ？　国王陛下より直々に仰せつかったのはリリとイアンだろう？　諦めてさっさと支度しなさい。モリー、頼んだぞ」

「畏まりました」

オリバーから丸投げされたモリーは手をワキワキさせながら、とても和やかにリリアーナへと近付いていく。

「ちょっと、モリー？　あなた私の味方ではなかったんですの？　その手は何？　やめっ、来ないでっ、ニャァァァァアア……」

リリアーナの叫びは虚しく響くのだった。

王宮のとある一室にて。

モリーによって可愛らしく変身させられたリリアーナを挟むようにして、オリバーとジアンナが。そしてテーブルを挟んだ向かい側には、国王と王妃が腰を下ろしている。

肝心な氷の王子様は同席していない。

元凶である本人がいないため『もしかしてこの婚約は無効になるのでは？』とリリアーナは密かに心を躍らせた。

「ウィリアムは仕事が片付き次第、こちらに来ることになっておる。それまでの間に、ぜひともリリアーナ嬢の話を色々と聞かせてもらえぬだろうか」

（ええ～っ！　なぜ来るんですの？）

心の中でがっくりと首を垂れるリリアーナ。

王族側とヴィリアーズ家側の温度差がかなり感じられる程に、国王と王妃はニコニコとご機嫌であり、ヴィリアーズ家は複雑そうな表情をしている。

国王の言葉に「近いうち親戚になるのだし」というような意味が含まれているのが伝わってくる。

色々と言われても一体何を話せばよいのか。

余計なことを言ってしまいそうで言葉が出てこないリリアーナに代わり、オリバーが仕方なく口を開く。

「リリアーナは三人おります子どもの中で唯一の女の子でして。甘やかして育ててしまったせいか、些かのんびりといいますか、マイペースな子に育ちまして……」

言葉を選びつつも『だから王太子妃は務まりませんよ』アピールをしてみるのだが、国王と王妃は全く気にする素振りを見せない。

「ウィリアムがカチカチの堅物だから、マイペースなくらいの方が丁度良いのではないか？」

そう国王は楽しそうに言う。

王妃は可愛い女の子が欲しかったそうなのだが、生まれたのは王子ばかり。

……王子ばかりではあったが末っ子の『天使様』と呼ばれるホセ殿下の愛らしい姿に我慢が出来ず、幼少期は可愛らしい衣装（ドレスとか、ドレスとか、ドレスとか）を着せ替え人形の如く着せていたらしい。

けれども、ある時からホセ殿下が全力で拒否するようになってしまったという。

そこまで拒否されてしまっては仕方がないと、一度は諦めた王妃だったが。

お茶会に、ある伯爵夫人が嫁いできたばかりの義娘と一緒に参加し、とても仲良さそうにしているのを見て、三人の王子達のお嫁さんに期待しようという考えに至ったらしい。

「義娘達と一緒にお買い物したり、お洒落なカフェでお茶を楽しむのが夢なのよ」

王妃はとても楽しそうに満面の笑みを浮かべた。

リリアーナは、どんどん逃げ道を塞がれて、どうにも逃げられない状況に追い込まれていく。

国王様と王妃様がダメなら、当の本人であるウィリアム殿下に撤回させるしか方法はなさそうだ。

どうにかして婚約者の座を他のご令嬢に押し付……変更して頂こう！　そう決心しウィリアム殿下が来るのを首を長くして待つしかなかった。

引き攣り笑いで顔面の筋肉が崩壊する寸前に、ようやくウィリアム殿下が仕事を終えて、部屋へと入ってきた。

ニコリともしない顔は、整いすぎている分余計に冷たい印象を与えている。

そして来たばかりのウィリアム殿下に向かって、王様が何を血迷ったのか驚きの提案をした。

「後は若い者同士で話をした方がいいだろう？　ウィリアムよ、リリアーナ嬢をお前の部屋に案内してやるといい」

この氷男と二人きりとか、一体どんな罰ですか!?

……と一瞬思ったものの、よくよく考えてみれば婚約の撤回を求めるためには、後ろ盾のない場で本人に直談判した方が何かと都合が良いのではないか？

……うん、それがいい！

「よろしくお願い致します」

そう和やかに笑顔で言えば、殿下は胡散臭いものを見るような目をリリアーナへと向け、部屋の皆に聞こえるほど盛大に溜息をついた。

「ついてこい」

偉そうな物言いで部屋を出ていこうとしている。

リリアーナは慌てて国王様達に挨拶をし、殿下の後を小走りで追う。

本来は小走りだなんてはしたないことを令嬢はしないのだが。

この王子様、私のために歩調を緩めてくれないんですもの。普通紳士であれば、女性の歩む速度に合わせてくださるものですけれど。……フゥ、ちょっと息切れが。歩み寄るという言葉をご存じないの？

そう言ってやりたいのを我慢して呑み込み、一生懸命、ただただ不機嫌さを隠そうともしない殿下の後をついていくのだった。

ウィリアム殿下の部屋に到着すると、一応扉を開けてはくれたが、顎で中に入るよう示された。

そこは「どうぞ」とか何とか仰ったらどうですの？

喉まで出かかった言葉をグッと堪えて「失礼します」と部屋の中へ足を踏み入れた。

中はシンプルと言えば聞こえはいいが、最早シンプルを通り越して殺風景。

余計な装飾品はなく、思わず『お掃除が楽で使用人が喜びそう』などと思ってしまうほどだった。

リリアーナは小さな可愛らしいものを飾るのが大好きで、掃除が大変だとモリーがいつもぼやいているのだ。

ウィリアム殿下はスタスタとソファーへと向かい、さっさと一人座ってしまわれた。

雑な扱いに苛立ちは募るけれども、正直小走りとこれまでの気疲れで早く座ってゆっくりしたかったのもあり、テーブルを挟んだ向かい側の席へ「失礼します」と言って腰掛けた。

座れたのはいいけれど、これって案内されたとは言えないわよね？

決して楽しいなどとは言えないこの雰囲気の中、使用人が見るからに高価であろうカップに紅茶を淹れてくれ、テーブルには美味しそうなお菓子も並べられた。

リリアーナは高級なものであろう紅茶を頂き、喉を潤してから切り出した。

「一つお聞きしてもよろしいでしょうか？」

愛想の『あ』の字もない、この目の前の王子様から少しでも早く解放されるために、直球で聞くことに決めた。

返事はなかったが、こちらをしっかりと見据えた王子様の様子に、許可されたものと判断して続ける。

「あの日、なぜ私を選ばれたのでしょう？　ウィリアム殿下のお言葉は『私がいい』ではなく『コレでいい』でしたわ。つまり、私でなくともよかったという事ではないのですか？」

「まあ、そうなるな」

悪びれずに肯定する、目の前の氷の王子様。

普通ならばここは憤慨するところであるが、リリアーナは『よし！　このままの流れで他のご令嬢へパスしてしまえっ！』とばかりに意気込んだ。

「では私には身に余るお話ですので、他のご令嬢をお選び頂きますよう、お願い申し上げます」

王子様からの婚約回避の返事を期待して頭を下げる。

思った以上に順調に婚約辞退の意思を伝えられたため、下げた頭で表情が見えないのをいいことにほくそ笑むリリアーナ。

これでこの話はなかったことに……

「無理だな」

ならなかったぁぁぁぁああ（泣）。

なぜですのっ！　ここは『分かった』と言うところではないんですの？　素直に認めて次に行ってくださらなければ、私が困りますわっ！

近々立太子されると言われている方の婚約者になんてなってしまえば、王宮での窮屈な生活と王太子妃教育なんて面倒くさいものが待っているじゃないですか。

リリアーナは下げていた頭を勢いよく上げた。

「なぜですの？　私でなくてもよろしいのですよね？」

必死な訴えに対して、ウィリアムは余裕たっぷりだ。

「お前は令嬢達の中で、一番ギラついていなかったからな。どうやら私よりも料理の方に興味があったようだが」

そう言って思い出したのか、ウィリアムはククッと小さく笑った。

笑わないはずの王子様が笑ったことよりも、まさかブッフェを満喫している姿を見られていたなんて、とそちらの方にショックを受けた。

更に、地味目にしていたことで逆に目立ってしまっていたことに、リリアーナは項垂れるしかなかった。

「おぉい、ウィル。例の件なんだが……」

ノックなく許可も得ずにズカズカ部屋へと入ってきたのは、二十代前半と思しき青年だった。

ウィリアムより少しだけ背が低いが、しっかりと鍛え上げましたと言わんばかりの筋骨隆々な、暑苦しい体を近衛騎士の制服で包んでいる。

王子のことをウィルと呼ぶあたり、相当仲がいいと見受けられる。

顔を上げたリリアーナと青年の視線がバッチリ合うと、青年は気まずそうにした。

「っと、お客さんだったか。すまない。また出直して……」

「構わない。とりあえずそっちに……」

ウィリアムは顎で机の方を指し、それからリリアーナをチラッと見やる。

「ここで少し待っていろ」

そう言って机の方へ移動していった。

リリアーナはそんなウィリアムの後ろ姿を見ながら、

（婚約回避に同意してさえ頂けたら、待たずにサッサと帰りますのに）

と、心の中で毒付きながらテーブルへと視線を向けた。

そこには美味しそうなお菓子がたくさん並べられている。

（……待っていろということは、これを食べて待っていてもいいのよね？　いえ、むしろ食べて待っていろということなのでは？）

リリアーナは恐る恐る手を伸ばし、たくさんある中から小さなチョコレートのようなお菓子を選び、口に入れた。

それは今までに食べたどのお菓子よりも、素晴らしかった。

（美味しい〜〜〜〜〜〜っ！）

叫びたいのを声を出さずに何とか堪えて、あやしく悶えつつも、もう一つ口に入れる。

（嗚呼、美味しすぎるっ！　こっちのお菓子はどうかしら？　まあ、これも素晴らしく美味しいわ。ではこちらのお菓子は？）

最初の恐る恐る伸ばした手は何だったのかと思える程に、伸ばす手に全く遠慮というものがなくなっていた。

最早何のために自分がここにいるのかは忘却の彼方である。

リリアーナがお菓子の美味しさに悶えている場所から少しだけ離れた机の前で、ウィリ

アムは筋骨隆々の近衛騎士の青年から受け取った書類を見て、指示を出していた。

重要案件という程ではなかったため、書類にサインをしてすぐに青年に戻し、ふとリリアーナの方に視線を向けて、固まった。

そんなウィリアムを見て青年もリリアーナの方へと振り返る。

何の遠慮もなくとっても幸せそうな笑顔で次々と可愛らしい口にお菓子が吸い込まれていくのを見て、青年は「ブフォッ」と噴き出した。

その音に、リリアーナは自分が今いる場所を思い出した。

思わずギギギ……と音がしそうな程にぎこちなく、口いっぱいにお菓子を頬張ったままの顔をそちらに向けると。

驚きに目を見開いて机の向こう側で固まるウィリアムと、机の手前で口に手を当てプルプル震えているマッチョな青年の姿が見えた。

リリアーナはカップに残った少し冷めた紅茶で無理矢理に口の中のお菓子を流し込むと、カップをテーブルに戻し衣服の乱れなどをチェックし、背筋をピンと伸ばす。

「そちらのお話はもう終わりましたの？」

令嬢らしく微笑みを浮かべながら、のんびりとした口調でなかったことにしようとした。

……しようとしたのだが、マッチョな青年がたまらず声を上げて笑いだしたために、なかったことには出来なかった模様である。

しかもご丁寧に目に涙まで浮かべている。

そしてそれまで固まっていたウィリアムまで、声を立てて笑いだしたのだ。

すると今まで爆笑していたマッチョな青年が固まった。

これでもかと言う程に目を見開き、口もポカンと開かれ、ちょいイケメン寄りだった顔はとっても残念な顔になっている。

ウィリアムはそれに気付くとムッとしたような表情になった。

「ダニー、何だその顔は」

「いや、だって、おま、ウィルが、いきなり笑うからだろ」

「私が笑ったぐらいで、一体何だと言うんだ」

「お前、知ってるか？　ウィルがこう、口角をちょっと上げて笑っただけで、明日は嵐かって大騒ぎなんだぜ。それが声を立てて笑うとかさ、何それ、天変地異の前触れ？」

「大袈裟な。くだらん」

「いやいやいや、長い付き合いの俺だって、お前が笑った姿なんてしばらく見てないぞ？　いやぁ、つまりこのご令嬢が噂の、ウィルが自ら選んだ婚約者、でいいのかな？」

ダニーと呼ばれるマッチョな青年は人懐っこそうな笑顔を浮かべ、リリアーナの方へ向かってくる。リリアーナが腰を下ろすソファーの横で、目線を合わせるようにしゃがむ。

「俺は『氷の王子様』なんて呼ばれてるコイツ、ウィリアム殿下の幼なじみ兼部下のダニエルだ。ダニーと呼んでくれ」

「……リリアーナ・ヴィリアーズですわ」

「リリアーナ嬢か。いやぁ、君のお陰で貴重なものが見られたよ。ウィルの笑う姿とか、ほんと久しぶりに見たわ」

ダニエルは思い出したのか、また肩を震わせて顔を床に向けて笑いだした。

「お前は笑いすぎだ」

眉間に皺を寄せて、ウィリアムは机からソファーの方へと移動してきたかと思えば、なぜかリリアーナの隣にドカッと腰を下ろした。

なぜ隣に？　と驚くリリアーナ。

マッチョな青年ダニエルは笑いながら立ち上がり、最初にウィリアムが座っていた向かい側へと座った。

成る程、そういうことか。

まだ決定していないとはいえ、婚約者（仮）の隣に他の男を座らせるわけにはいかないということだろう。

そういう気遣いは出来るのに、なぜ歩調を合わせたりキチンと言葉にするなど、もっと丁寧な対応が出来ないのか。リリアーナはとても残念に思った。

ウィリアムは隣に座るリリアーナを少しの間ジッと見ていたかと思えば、テーブルの上に残っているお菓子を手に取ると、いきなりリリアーナの口元へ持ってきた。

思わず反射的に口を開けて、パクついてしまってから『しまった』という顔をしながらも、モゴモゴとしっかり口を動かす。

ウィリアムは口角を上げて小さく笑いながら「フム」と自分の中の何かに相槌を打つように頷くと、また一つお菓子を手に取り、再度リリアーナの口元へと持ってくる。

これは何のプレイですか？

ついていけないまま、リリアーナは脳内で激しくツッコミを入れた。

ウィリアムはジッとリリアーナの口元を見ながら、その手を下げる様子は全くない。

リリアーナが我慢出来ずに食べるのが先か、ウィリアムが諦めて手を下ろすのが先か。

リリアーナの目は激しく泳いでおり、一度も二度も同じことと、仕方なくまた口を開けてパクついた。

この勝負、どうやらウィリアムに軍配が上がったようである。

向かい側に座っているマッチョな青年ダニエルは、最早笑いすぎて声も立てずにピクピクと痙攣を起こしている。

常に引き結ばれていた氷の王子様の口元は、ずっと口角が上がりっぱなしの状態になっており、心なしか彼のピリピリとした雰囲気は若干和らいでいるように感じられる。

テーブルの上のお菓子がなくなるまで、ウィリアムのリリアーナへの餌付けタイムというのか、またはリリアーナの羞恥プレイタイムというか、そんな時間は続いたのだった。

おかしい……。

リリアーナは混乱していた。

ウィリアム殿下の部屋へ案内される時は、歩くペースなどガン無視されたせいで、部屋まで小走りだったはず。

それが今、隣を歩くこの王子様は一体誰？　と言いたい程に、ちゃんとペースを合わせて歩いてくれている。いや、本来それが当然のことなのだが。

この短時間の間に、この王子様の中で一体何があったというのだろうか。

それともあの小走りはリリアーナの思い違いだったとでもいうのだろうか。

思わず横を歩くウィリアムを見上げるようにして見ると、彼はすぐに気付く。

「何だ？　まだ菓子が足りなかったか？」

リリアーナの頭を撫で、近くにいた使用人を呼び止めて、お菓子を詰めて持ち帰り用として応接室へ持ってくるように言いつける。

使用人は何かに驚いたように目をこれでもかという程に見開いた後、頭を下げて去っていった。

お菓子は十分に美味しく頂きましたけどね？

お土産を頂けるというのならば、遠慮なく頂きますけれどね？

けれども、とうとうこの王子様の口から『婚約者を替える』という一言を引き出す事が出来ないまま、応接室へ戻ることになってしまった。

「それにしても、ダニマッチョは笑いすぎですわっ！」

思い出したら腹が立ち、つい口から不満が出てしまったのだが、ウィリアムにはしっかり聞こえたらしい。

「ダニマッチョとは、ダニーのことか？」

そう聞かれ、リリアーナはコクコクと頷く。

「レディーに対し、あの笑いは失礼ですわ。ですからお礼に『ダニマッチョ』という恥ずかしいあだ名を広めて差し上げますの。ウィリアム殿下も協力してくださいませね。それでもって、彼の鼻毛が三倍速で伸びるように毎日お祈り致しますわ。お気に入りの女性の前で、鼻毛を晒して恥をかくがいいのですわっ！」

両手に拳を握り鼻息を荒くして言う割には、地味なお祈り（呪い）の内容に、ウィリアムは耐えられないとばかりに声を立てて笑いだした。

「鼻毛三倍速とは、随分と可愛らしい呪いだな。ククク」

周囲にいた使用人達にどよめきが起きる。

何せ笑わないはずの『氷の王子様』が今、楽しそうに声を立てて笑っているのだから。

「違いますわ。呪いではなく、お祈りですの。それに鼻毛を侮（あなど）ってはいけませんわ。笑った時にちょっぴりはみ出すあの存在感。恐ろしいことに、どんなお洒落も台無しになってしまいますのよ？」

鼻毛を侮るなと本気で力説するリリアーナに、笑いが止まらない『氷の王子様』ことウィリアム殿下。

「まあ、何だ。私も鼻毛には気を付けることにしよう。ククク」

「ええ、ぜひともそうしてくださいませね」

リリアーナは満足げに頷いた。

これはもう、婚約者（仮）から友人枠（わく）へうまくシフトチェンジ出来たのではないかしら。

小説（恋のバイブル）にだって、こんな会話を交（か）わす恋人達は出てこないですもの。

この後きっと、ウィリアム殿下が国王様へ婚約者の選び直しを提案してくださるに違いないわ！

応接室に戻ると、先程までとは明らかに違う二人の距離感（きょり）に国王と王妃はとても喜び、リリアーナの両親は揃（そろ）って困惑顔になった。

王宮へやってきたのは婚約回避のためであったが、予想だにしない展開になっているのではないかと心配になったのだ。

「実はな、ヴィリアーズ伯爵より、婚約は王子に再度意思確認をしてから決めようと言われてな。確かに今回のことはあまりにも急だった。私も同意して二人を迎えに行かせたんだが……」

国王はリリアーナからウィリアムに視線を移した。

「どうだ？　お前の婚約の相手はリリアーナ嬢が良いのか、それとも他の令嬢に……」

「私の婚約者には彼女を、リリアーナ嬢を望みます」

ウィリアムはハッキリキッパリと被せるようにそう言い切った。

三日前には「コレでいい」と言った彼が今、コレではなくリリアーナ自身を望むと口にしたのだ。大きな進歩ではあるのだが。

この部屋を出る前までのウィリアムは、明らかにリリアーナでなくても他に条件の近い者であれば、誰でもよかったはずであった。

ヴィリアーズ伯爵が頑張った結果、国王から再度の意思確認を取り付けることに成功していたのに。

なぜか当の本人であるリリアーナが、『氷の王子様』を手懐けてしまったために、伯爵の頑張りが水の泡となってしまったのである。

婚約回避のラストチャンスが潰えた瞬間だった……。

なんでぇぇぇぇぇぇ!?

やはりあの時、きちんと断れなかったせいですの？

ダニマッチョが部屋に入ってきたせいで、中途半端なまま話が終わってしまったからだわ。

どうにか円満に婚約回避して、晴れやかな気持ちで王宮を後にするはずでしたのにっ。

おのれ、ダニマッチョ！　許すまじっ！

鼻毛三倍速だけでなくて、いつも靴下が片方だけ見つからないお祈りも追加してやりますわっ!!

……ていうか、ここまでの流れでなぜウィリアム殿下は積極的に婚約する気になってしまいましたの？

思わず頭を抱えたい衝動を必死に押さえ込む。

こうしてこの日、ウィリアム殿下とリリアーナの婚約が成立してしまった。

リリアーナは、第一王子の婚約者という称号と王子様が用意させたお菓子の詰め合わせを持って、家に帰るのであった。


「姉様、それは何？」

「王子様から頂いたお菓子の詰め合わせよ」

「……そういうことを聞いてるんじゃないよ。婚約回避のために登城したはずが、正式な婚約者になってそんなものまで持たされて。一体何をどうしたらそうなるのさっ！」

屋敷に着いて早々に、エイデンに応接室へ拉致られ……もとい、連行された。

片側のソファーにはオリバーとジアンナが、テーブルを挟んだ向かい側のソファーに兄のイアンと弟エイデンが腰掛けており、リリアーナはテーブルの横。

つまり絨毯の上に正座をさせられている。

「そうだね。私もそれを知りたかったところだ。ここにいる皆に分かるように、初めから、キチンと順を追って、しっかり説明してもらおうかな？　いいね、リリアーナ」

「……はい」

いつになく厳しい表情でそう言った父オリバーの様子に、小さく返事をした。

本来であれば絶対にお断りなど出来ない王家との婚約話を、娘のためにと頑張って何とか摑んだ辞退のチャンスを、一瞬にしてものの見事に粉砕してくれた張本人のリリアーナに、オリバーも納得がいっていない模様。

誰も味方がいない状況で、もともと小さいリリアーナは更に小さくなって説明を始めた。

国王様に若い者同士で話した方がと言われ、婚約回避のためのチャンスとばかりにウィリアム殿下の部屋へついていったこと。

なぜか王子様にお菓子を食べさせられたこと。

食べ足りないと思われて詰め合わせを用意されたこと。

「私は婚約者になるつもりなど毛頭ありませんでしたから、失礼のない程度に令嬢の擬態を解いておりましたし、遠慮なくテーブルのお菓子を頂きましたわ。あとは……そうそう、鼻毛を侮るなとアドバイスを送りましたわね」

これには家族全員が呆気にとられた。

王子様に向かって「鼻毛を侮るな」だなんて、何を話していたらそうなるのだと。

そしてそんなことを言うリリアーナの、一体どこを王子様は気に入ったのかと。

オリバーは力なく肩を下ろし、大きな溜息を一つついた。

「もう決まってしまったことをいつまでも言ったところでどうしようもない。近日中にリリアーナは王太子妃教育を受けることになるだろう。学園の授業が終わったら直接王宮へ向かうのだ。忙しくなるだろうが、これはリリアーナが自ら招いたことだ」

「えぇぇぇぇぇぇ〜」

リリアーナが嫌そうな顔をして思わず口に出すと、オリバーはギロリと目線を向けて「決定事項だ」と一言言うと、ジアンナと応接室を後にした。

扉が閉まるのを確認し、イアンとエイデンがリリアーナの隣にしゃがむ。

「ま、リリなりに頑張ったんだろ？　だいぶ間違った方向だったんだろうけど」

そう頭を撫でるが、リリアーナの心の叫びは誰にも届くことはなかった。

『足が痺れた……（泣）』

第3章　氷の王子様

正直面倒だった。

女などという生き物は、家柄・資産・容姿にこぞって群がる虫の如き存在だと思っていた。

少しでも笑顔を見せれば騒ぎだし、優しい素振りをすれば無駄にベタベタとついてまわり、ならばと素っ気なくすればすぐに泣く。

女は面倒くさいものと、自分の周りに寄せ付けないようにしてきた自覚はある。

なぜそんなことになったかといえば……こんな私でも、一応幼少期に、淡い初恋などというものを経験したことはあるのだ。

私よりも一つ二つ年上の、どこかの貴族の娘だったと思う。

幼い頃の私は、思い出したくはないが、少しだけ軟弱で泣き虫な子どもだった。

確かあの時、私は剣の稽古で軽い怪我をして、逃げ出して庭園の隅に隠れて泣いていたのだ。

そんな私にハンカチをそっと差し出してくれた少女に、愚かにも恋心などというものを抱いてしまったのだ。

次会った時に返せるようにと、綺麗に洗ってアイロンまでキッチリと掛けてもらったハンカチを、毎日肌身離さず持って歩いていた。

そしてその日はすぐにやってきた。

数日が過ぎ、少女の姿を遠くに見つけ、私は気が付けば駆け出していた。

少女は数人の友人と仲良さそうに歩いており、少し離れたところでタイミングを図って声を掛けようとした。

すると、少女達が私のことを話しているのが聞こえてきた。

初恋の少女が私のことをどう思っているのか期待して胸をときめかせたのだが――。

次の瞬間、耳を疑いたくなるような嘲りの言葉が次々と少女の口から発せられた。

初恋の少女の心ない言葉に盛大に傷つき、私の淡い恋心はわずか数日で音を立てて崩れ、そして学んだのだ。

たとえ年端のいかない少女であっても、女というものは信用に値しない生き物だと。

それからの私は、もう二度と女にバカにされぬよう、人が変わったように剣の稽古に励むようになった。

もともと剣技の才能があったのか、真面目に取り組むようになってからは、めきめきと上達していった。

周りは常にダニエルや信用のおける友人（もちろん全員男である）で固めて、女には極力関わらないようにして、縁談などはことごとく断ってきた。

しかし十代の頃は何とかはぐらかすことが出来ていたが、二十代になるとそうもいかない。

それでも無理矢理結婚の話題から逃げていたのだが、痺れを切らした国王と王妃が暴挙に出た。

それがあの集団見合いである。

現在は近衛騎士団副団長という立場の私だが、それも近いうちに立太子するまでの間のこと。

いつまでも逃げてはいられないことくらい分かってはいた。

いつかは決めなければいけないのだ。

それが今になっただけのこと。

私の邪魔をしない、出しゃばらない女。知性のない下品な女でなければ誰でもいい。

世継ぎを産んでもらうための結婚なのだ。

そこに愛情など期待されても困る。

自分がどれだけ勝手なことを言っているかは分かっている。

だから世継ぎを産んでもらった後は、迷惑が掛からない程度に好きに生きてもらって構わない。そんな風に思っていた。

とうとう見合い当日になってしまった。

挨拶の列が延々と続き、どいつもこいつも色目を使って見てくる視線が不快だ。

そんな中で私に全く視線を向けないというより、視界に入れないようにしている女がいたのだ。

他のギラギラと着飾った令嬢達と違って、かなり地味なその姿は逆に目立っていた。

「ヴィリアーズ伯爵家長女のリリアーナと申します」

挨拶を早々に済ませるとその女はそそくさとどこかへ行ってしまい、何となくだが印象に残っていた。

ようやく挨拶の列がなくなると、第二王子のオースティンが婚約者と中央のスペースへと向かい、誰よりも優雅に踊りだした。

それにつられてポツリポツリと踊りだす者達が出始める。

私はというと、その場から一切動かず。

いつも以上に派手に着飾り、浴びるようにつけたであろう香水の臭いをプンプンと撒き散らす令嬢達に、かなり苛立っていた。

そんな中で、ダンス開始早々に、いそいそとブッフェに向かう一人の令嬢が目に入った。

あれは確か……リリ何とかと言ったな。

ゴテゴテに着飾る令嬢の中で、小柄でドレスも地味すぎることでかえって目立っていた彼女は、ズラリと並んだ料理を前に、とても嬉しそうな顔をしている。

皿に料理を盛ってもらい、チョコチョコと目立たないような隅の方へと移動して、何とも幸せそうな顔をしながら頬張っている。

……一体何しに来たんだ、あの女は。

呆れながらも、そんな自由な彼女から視線が外せなくなっている自分に、ウィリアムは少しも気が付いていなかった。


いつまで経っても動こうとしない私に業を煮やしたのか、王妃が見合い相手である令嬢達を並べるよう、側近へと命じていた。

いそいそと並びだす令嬢達。

その中で先程のリリ何とかが、私から一番遠い位置へと並ぶのを目の端に捉えていた。

国王がこの中から選べと圧を掛けてくる。

……これ以上引き延ばすのは無理だろう。

諦めるようにして立ち上がり、令嬢達の前をゆっくりと歩く。

ふと、あの「私には関係ありません」という態度をとる彼女を選んでやったら、どうなるだろうかと思った。

きっと、自分以外の誰かが選ばれるものと思っているだろう。

かなり驚くのではないか。

そんな姿を想像して、少しだけ気持ちが軽くなった気がした。

気が付くと一番端に並ぶ彼女の前まで来ており、私はそこで立ち止まると、彼女へ目線を向けることもせず、「コレでいい」と口にしていた。

基本的に王族の私が選んだ相手は、余程のことがない限り、断ることは許されない。

それを理解した上で、そんな気も全くなかった彼女を選んだのだ。

目線を合わせることが出来なかったのは、どこか少し罪悪感があったからだろうか。

何となくその場にいづらくなり、私は足早にホールから出ていった。

「完全なる八つ当たりではないか……」

自室に戻ってから、自分の行動に激しく後悔した。

じっくり見たわけではないからハッキリとは分からないが、まだ幼さの残る彼女はきっと、適齢期（十四歳）になったばかりであろう。

望まない婚約者選びをさせられている自分の前で、さも関係ないとでも言いたげに料理を満喫している姿になぜか苛立ちを覚えた。だからといって、仕返しとばかりに彼女の望まぬことを押し付けようとするなど、なんて大人げない。

しかし、今更撤回も出来ない。したくもない。

またあのギラギラした強すぎる臭いを纏った令嬢達とご対面など、御免被る。

やはり彼女には悪いが、ここは諦めて私の婚約者として腹をくってもらうとしよう。

「おぉい、ウィル。例の件なんだが……」

いつものようにズカズカと部屋へと入ってくるのは、私の部下であり、幼なじみのダニエル。愛称ダニー。

筋肉を鍛えることが趣味の男だ。

彼女の存在に気付いたダニエルが気まずそうに部屋を出ようとするのを、引き留めた。

「とりあえずそっちに……」

机を指差してから、彼女をチラッと見やりそこで待つように伝える。

何となく後ろめたい気持ちが残っているせいか、正直ダニエルがこのタイミングで部屋に来てくれたことにホッとしている自分がいた。

ダニエルから受け取った書類は急ぎの案件ではなかったが、とりあえず指示を出し、サインをしてから彼に戻す時にふと、彼女の方へ視線を向けると。

彼女は大人しく待っているどころか、何の遠慮もなく、満面の笑みを浮かべて次々とテーブルの上に並べられた菓子を口にしているではないか。

唖然として見ていると、ダニエルもその姿に気が付いたようで、肩を震わせて笑っている。

ようやく気付いた彼女は、ぎこちなく口いっぱいに菓子を頬張ったままの顔をこちらに向け、イタズラを見つかった子どものようにバツの悪そうな顔をした。

そしてカップの紅茶を飲み干しテーブルに戻すと、突然衣服の乱れなどをチェックし、背筋をピンと伸ばしてから、

「そちらのお話はもう終わりましたの？」

と、令嬢らしく微笑みを浮かべながらのんびりとした口調で話しだしたのだ。

大方誤魔化そうとしたのだろうが、そんなことで誤魔化せるはずもなく、たまらず声を上げて笑いだすダニエル。

その目には涙まで浮かんでいる。

あまりにも分かりやすい誤魔化し方に、思わず私まで声を立てて笑っていた。

声を出して笑うなど、いつぶりだろうか。

ダニエルの用事も終わり、机から彼女のいるソファーへと場所を移す。

先程口いっぱいに菓子を頬張っていた姿に『まるでシマリスだな』などと思い、テーブルの上に残っている菓子を手に取り、思わず彼女の口元へ持っていった。

彼女は反射的に口を開けてパクついた後、『しまった』という顔をしながらも、口はモゴモゴとしっかり動いている。


……なんだ、この可愛い生き物は！


女は煩わしく、可愛いと思うなどあり得ないし、今後もないと思っていたのだが。

自分にもこんな風に思える感情があることに戸惑いながらも、この可愛い姿をまた見たいと思う。

そんな自分の感情を不思議に思いながらも、また一つ菓子を手に取り、再度彼女の口元へと持っていく。

今度はなかなか口を開こうとしない。

こうなると、無理にでも食べさせてやろうという気になるものだろう？

彼女が我慢出来ずに口を開くのが先か、私が諦めて手を下ろすのが先か。

まあ、負ける気はしないが。

結果はやはり彼女が根負けし、私の勝利である。

困ったように眉をハの字に下げながら、何か言いたそうな目でこちらを見る姿も可愛らしく、なぜか彼女から目が離せない。

向かい側で笑いすぎて痙攣を起こしているダニエルは放置だ。


使用人が「国王陛下がお呼びです」と呼びに来たところで、皆が待つ応接室へリリアーナと一緒に向かう。

リリアーナはかなり小さく、並ぶと私の胸の辺りにつむじが来る高さしかない。

それゆえ歩くペースはかなり遅く、普段であれば面倒で置いていくところであるが。

なぜだか不思議と自分の歩くペースを落とすことに不満を感じない。

それどころか、彼女はダニエルにおかしなあだ名を付けてみたり『鼻毛が三倍速で伸びる』などという、地味に嫌な呪いを掛けると言ってみたり。

……本当に、こんなに笑ったのはいつぶりだろうか。

普段の倍以上の時間を掛けて歩いたはずだが、なぜだかあっという間に応接室に到着したように感じる。

「どうだ？　お前の婚約相手は、このリリアーナ嬢が良いのか。それとも他の令嬢に……」

「私の婚約者には彼女を、リリアーナを望みます」

国王が話している途中ではあったが、思わず被せるようにそう言っていた。

今更他の女を選ぶなどといった面倒なことは考えたくもなかったし、何よりこの小さく可愛らしいリリアーナのことを、私はかなり気に入ってしまったのだ。

彼女となら、今後もきっと退屈などしないだろう。

第4章　王太子妃教育始めました

この度氷の王子様ことザヴァンニ王国第一王子、ウィリアム殿下の婚約者になった、ヴィリアーズ伯爵家長女のリリアーナ。

彼女は今、ド派手な令嬢とその取り巻きの令嬢に囲まれているところである。

もちろんリリアーナのご学友……なんてことはなく、理由は一つ。

「ウィリアム殿下は、こんな小娘のどこが良くて選ばれたのでしょうね」

それに関しては言葉や態度に出すことはしないが、激しく脳内で同意するリリアーナ。

「身分から言いましても、イザベラ様の方が相応しくてらっしゃいますのに」

どうやらドリルのような縦ロールをしたド派手な令嬢は、イザベラ様と仰るらしい。

取り巻きの方々が持ち上げてくれるものだから、ご機嫌に羽根のついた扇をバッサバッサと煽ぎながら高笑いしている。

先程からその羽根が抜けてフヨフヨと宙を舞っており、リリアーナはそんな宙を漂う羽根をぼんやりと見ていた。

ウィリアム殿下の婚約者に決まってから、こういった類いの嫌がらせ?的なことが時々起こるのだ。

暴力を振るわれたりとか、物を隠されたり壊されたりといった直接的な被害は今のところ受けてはいないのだけれど。

それでもこう、目の前で延々とツマラナイ話を聞かされ続けるのは苦痛だ。

大人しく聞いている振りをしながらも、

(はあ、やっぱり面倒ですわ)

と、リリアーナは脳内で大きな溜息をついた。

そもそもこの婚約は自分の本意ではないし、なぜウィリアム殿下に気に入られたのかも謎のまま。

いえ、彼にとって何か都合がいいから婚約しただけで、気に入られたわけではないはず。であれば、まだ婚約解消のチャンスはありますわ！　とリリアーナは密かに闘志を燃やしていた。

物語のヒロインであれば、いじめられた時には颯爽と王子様が駆けつけて助け出してくれるのだろうけれど。

現実の王子様はとっくに学園を卒業されていて、当てにはならないのだ。

他に当てになりそうなのは、現在同じ学園に在籍中である、ウィリアム殿下の下の弟である第三王子、ホセ殿下と言いたいところではあるのだが。

残念ながら一つ上の学年の彼とは、顔を合わせることはほとんどない。

けれども一度だけ、学園内で令嬢達に囲まれているところに、ホセ殿下が現れたことがある。

令嬢達は背後にいるホセ殿下に気付くことはなかったが、リリアーナとは距離があるとはいえ、しっかりと目が合っていた。

なのに、彼は無表情で何事もなかったかのように、スタスタとどこかへ行ってしまったのだ。

思えば婚約成立後の両家顔合わせでも、ホセ殿下は笑顔を見せていなかった。

国王様も王妃様も、第二王子であるオースティン殿下も、満面の笑みを浮かべていらした中で、ウィリアム殿下とホセ殿下はずっと無表情だったのだ。

まあ、ウィリアム殿下はいつものことである。

正直王子様達に全く興味のなかったリリアーナには、『氷の王子様』と呼ばれるウィリアム殿下、『微笑みの王子様』と呼ばれるオースティン殿下、『天使様』と呼ばれるホセ殿下というよく知られた噂程度の認識しかなかった。

ウィリアム殿下とは、婚約回避に失敗したあの日以来多少のコミュニケーションはとれていたため、顔合わせの時もそこそこ話は弾んでいたのであるが――。

ホセ殿下だけは、言葉を交わすどころか、一言も言葉を耳にすることがなかったのである。

彼は『天使様』と呼ばれるだけあって、中性的なとても可愛らしい容姿をされているけれど、リリアーナはそんなホセ殿下に『随分と大人しい方ですわね』という感想を持っただけで終わった。

しかし、どうやらただの大人しい方ではないようだ。

まあ、初めから彼に助けてもらおうなどとは全く期待していなかったリリアーナは、自分の身は自分で守るとばかりにイザベラに話しかけた。

「ちょっとよろしいですか？」

「何かしら？」

「私には三つ年上の兄がおりまして」

「イアン様ね？　存じておりますわよ」

「はい、先日私の婚約が決まりましてから、父がそろそろイアン兄様にもどなたか良いお相手を考えなければ……と」

「そ、そうですの。それでイアン様のお相手の方は決まりましたの？」

「いいえ。この王国には素敵なご令嬢がたくさんいらっしゃるので、わ・た・く・し・に、同じ女性の目から見て素敵なご令嬢を教えてほしいと言われまして……」

リリアーナの言葉一つで候補から消えるのだと暗に仄めかせば、目の前の適齢期の令嬢方はコソコソと何やら話し合い、真剣な面持ちで頷き合う。

数少ない優良物件の候補者から外されてはたまらないであろう。

ここでリリアーナから敵認定を受けるのはよろしくないという考えに至ったのか、令嬢達は、コロッと態度を変えた。

「そうでしたの。リリアーナ様はとてもお兄様思いの優しい方ですものね」

「これから王宮に向かわれますの？」

「王太子妃教育、頑張ってくださいませね」

などと、和やかに送り出してくださったのである。

……実の兄を生け贄にしていることに若干の罪悪感を覚え、心の中で謝罪する。

エイデンもまだ十四歳というのに、婿養子希望の適齢期の令嬢方からの人気がうなぎ登りらしいのだ。

持つべきものは天使擬きの義弟（予定）ではなく、イケメンの実兄弟である。

兄の犠牲のお陰で今日も無事に苦痛な時間を逃れることが出来たリリアーナは、イアンに感謝しつつ馬車に乗り、急ぎ王宮へと向かうのだった。

つい先日より始まった『王太子妃教育』を受けるためである。

王太子妃教育は王宮で行われるので、学園の授業が終わった後に毎日せっせと王宮へ通っているのだ。

婚約解消を望んでいるとはいえ、今やるべきことはしっかりとやらないと気が済まない

リリアーナは、存外真面目な性格なのだ。

本日の王太子妃教育は、世界情勢と外国語である。

世界情勢については、王国内で一、二を争う商会を持つキュレール伯爵家前当主が担当している。

このキュレール前伯爵は、息子に当主の座を譲ると、買い付けと称して数々の国を巡ってきた。

とても話し上手な彼は、そこで出会った人々や見たもの聞いたものなどを、面白おかしく分かりやすいようにかみ砕いて教えてくれるため、リリアーナはこの時間をとても楽しみにしている。

本日もそんな楽しい時間を終え、次の外国語を学ぶための部屋へと移動している途中、ホセ殿下とばったり出くわした。

彼は嫌そうな表情を隠しもせず、こちらに目を向けてくる。

「無駄な王太子妃教育なんて受けてないで、サッサとここから出ていきなよ。どう見たってウィル兄に貧相なアンタは似合わないんだしさぁ」

これまでまともに会話を交わしたこともないのに、いきなり暴言を吐いてきた。

普通の令嬢であれば、いきなり王子様からこんな暴言を吐かれては泣いて逃げ出しそうなものであるが。

そこは普通の令嬢とはちょっとばかり違うであろうリリアーナ。

ホセ殿下の言葉に一瞬眉が寄りそうになったのだが、よくよく考えてみれば、もしかしてこれって、婚約解消のチャンスじゃありませんの？　と気付いた。

なぜ嫌われているのかは分かりませんけれど、先程の台詞から言いましても、ホセ殿下はこの婚約に反対なんですのね？

もしウィリアム殿下との婚約解消に、ホセ殿下が協力してくださるのなら……とリリアーナは脳内で即座に考えを巡らせた。

本来貴族間の婚約解消は、いかなる理由であろうとも、令嬢側にとってかなりの痛手を受けることとなる。

傷物の令嬢を望む家は少なく、縁談も親子程に歳の離れた者の後妻や愛人など、碌なものがなくなる。

それを嫌がり修道院へ入る令嬢もいるとかいないとか。

しかし、仮にリリアーナが婚約解消したとして、リリアーナを溺愛しているオリバーやイアンやエイデンが、後妻や愛人、修道院に行かせるなどの選択をすることは絶対にないであろう。

過度な贅沢をしなければ、今後も独身のリリアーナ一人の面倒をみるくらい、ヴィリアーズ家にとって何の問題もない。

恋愛小説は大好きでも、リリアーナは自らの恋愛には全く無頓着だ。

王太子妃となれば誰よりも素晴らしいドレスや宝石を身に纏い、王国内の女性の中で二番目（一番は現王妃様）に高い地位に就くことになる。

一見とても華やかではあるが、貴族社会の裏側は嫉妬の嵐。

少しでも隙を見せようものならば足を掬われる。

そんな心の安まらぬ王宮などより、たとえ独身売れ残りと呼ばれようとも、楽しい伯爵家の方がいいに決まっている。

そして将来イアン兄様がヴィリアーズ家の当主になられた時は、引退されたお父様やお母様と共に、領地の屋敷での生活を楽しめばよいのだ！　素晴らしい名案だわ！

チャンスの神様は前髪しかなくて、あとはツルツルなんだとか。

来たと思った瞬間に掴まなければ、スルリと逃げてしまうのだ。

そんな神様の前髪を引っこ抜くくらいの勢いで掴んだつもりのリリアーナは、キラキラさせた瞳をホセ殿下へ向けた。

「そうなんですの！　私はウィリアム殿下の隣に似合うような令嬢ではありませんの。ホセ殿下の仰る通りですわ！」

「……は？」

泣いて逃げていくだろうことを予想していたのに、なぜか満面の笑みで肯定されるなど、ホセ殿下は予想外の展開についていけない。

「それでは私、ホセ殿下の仰る通り、王太子妃教育など受けずに本日は下がらせて頂きますわ」

リリアーナを先導していた使用人に、ホセ殿下の指示で王太子妃教育を受けずに帰宅する旨、関係各位の皆様に伝えるようお願いした。

リリアーナは満面の笑みで、何ならスキップでもしそうな程にご機嫌な様子で、帰りの馬車が待つ車寄せのある方向へと歩きだす。

思わぬところから婚約解消のための味方（？）が現れてくれたと、先程言われた大変失礼な言葉もすっかり忘れている。

それまで呆然としていたホセ殿下は、そんなリリアーナの後ろ姿を見て正気に戻った。

「ちょっと待てっ！」

「何か？」

ホセ殿下が慌てて引き留めると、リリアーナはゆっくり振り返り、不思議そうに首を傾げる。

ホセ殿下はその様子にチッと舌打ちをしながら可愛らしい顔を歪めて睨み付けた。

「何を本当に帰ろうとしているんだ！」

「あら、これはまた異なことを。私はホセ殿下の指示に従っただけですわ」

ホセ殿下とは対照的に、和やかに答えるリリアーナ。

「……いちいち腹立たしいヤツだな」

「失礼ながら、ホセ殿下とこうして直接言葉を交わしましたのは初めてのことと存じますが、私はホセ殿下のご不興を買うような何か失礼なことを、しでかしましたでしょうか？」

べつにホセ殿下に気に入られようなどとはこれっぽっちも思ってはいないが、一方的に嫌われるのはあまり気持ちの良いものではないし、それに婚約解消の協力者になって頂けるかもしれない彼に嫌われるのは、出来れば避けたいところである。

もしかしたら自分の知らないところで彼の不興を買うようなことをしてしまった可能性もゼロではない。

その場合は素直に謝罪するべきだと思い、聞いてみたのだが——。

「ふん、べつに。ウィル兄が無理に婚約する必要などないと思っただけだ」

「つまり、私自身ではなく、ウィリアム殿下の婚約者という立場が不快だと」

とりあえず不興を買うようなことはしていなかったらしいことに安堵する。

理不尽なことを言った自覚があるからか、ホセ殿下は気まずそうに視線をそらした。

王族からの婚約申し込みを断るなど限りなく不可能であると分かった上でそれを言うのかと、リリアーナは無言のジト目でホセ殿下を見つめる。

彼はバツが悪そうに小さく呟いた。

「いや、まあ、無理だよな」

口は悪いがこの王子、どうやらそれ程悪い人物ではなさそうである。

「実は不敬を覚悟の上で辞退を申し上げたのですが、却下されましたわ」

「何だと、お前。ウィル兄の一体何が不満だと言うんだ！」

リリアーナが肩を竦めて言えば、今度は睨み付けてきた。

ウィリアム殿下との婚約が面白くないと拗ねてみたり、辞退したと言えば怒りだすとは、何を仰りたいのでしょうね、このお方は。

この目の前の天使様、何だかとっても面倒くさそうである。

リリアーナはそんな思いを微塵も顔に出さずに答える。

「不満だなどと、滅相もない。先程ホセ殿下も仰った通り、ウィリアム殿下に私は相応しくないと申し上げただけですわ」

「つまりは？」

「王太子妃などになってしまったら、色々面倒じゃありませんか」

ついつられて本音を言ってしまい、ハッと口をつぐむ。

「それを望む肉食なご令嬢が腐るほどいるんだけどな」

ホセ殿下はとても残念なものを見るような目を向けて呟いた。

「ウィル兄はどうしてお前を選んだんだ？」

今更ながらにその疑問を口にすれば、リリアーナがそれに答える。

「地味で、香水の香りをプンプンさせていなかったから、と」

ホセ殿下は遠くを見る目をした。

「ウィル兄、何やってんだよ……」

「本当に」

仲良く（？）ハアと大きな溜息をつく。

そして先程から困ったように様子を窺っていた、リリアーナを先導していた使用人の存在を、二人はようやく思い出した。

「お前、今日の王太子妃教育の予定は？」

「先程世界情勢を終えて、後は外国語と夕食のみですわ」

「じゃあ、このまま外国語のレッスンに向かってくれ。それとそこの君、ここで見聞きしたことは一切他言無用だ。いいね。もし守らなければどうなるか……分かるよね？」

黒い笑顔を浮かべたホセ殿下に脅……注意され、使用人の彼は真っ青な顔になった。

「私は何も見ていません！　聞いていません！」

　首を横に振りながら可哀想な程に震えている。

　ホセ殿下、あなた可愛い顔して何をされてらっしゃるの？

　でもこの調子だと、ホセ殿下は婚約解消の協力者になってくれそうですわね。

　リリアーナは心の中で小躍りするのだが。

「外国語の先生と言えば、セオドア前伯爵だったな。彼は時間にとてもうるさい人だから……まあ頑張れ」

　ニヤリといった表現がピッタリの笑顔を浮かべてそう言うと、ホセ殿下は足早に去っていった。

　呆然とその後ろ姿を見送ったリリアーナと使用人は、慌ててレッスンへと向かったのだけれど。

　リリアーナを出迎えたのは、予想通りというか、こめかみに青筋を浮かべた初老のセオドア前伯爵だった。

　あの場でホセ殿下に呼び止められなければ、長い長いお説教を受けることもありませんでしたのに。

　これも全てホセ殿下のせいですわ！

　とりあえず彼には靴紐が（何度結んでも）すぐに解けるという、地味に嫌なお祈りをしておくリリアーナであった。

夕食を終えて、王子三兄弟は応接室にて寛ぎ中である。

国によっては、王位継承権を巡って兄弟のいがみ合いもあるが、ザヴァンニ王国の王子達に至ってはそういったこともなく、兄弟仲は良好である。

ゆったりとした布張りのカウチソファーが、テーブルを囲むようにして置かれており、王宮内の応接室にしては、品は良いが些か地味な気がしないでもない。

王宮の人目のある部分は煌びやかな作りをしているが、現国王夫妻とその息子達はあまり飾りたてたものを好まない。

だから王族の居住エリアは他と違って、品良く落ち着く空間となっているのだ。

侍従の淹れたハーブティーを口にしているウィリアムを前に、突如話しだしたのはホセだった。

「ウィル兄さぁ、婚約者を一番地味で、臭くないから選んだって、本当？」

質問の内容に驚き、ハーブティーを淹れていた侍従の手が一瞬止まったが、何事もなかったように再びカップに注ぐ。

「誰からそれを聞いた？」

その事実を知っているのはリリアーナ（と彼女が話した者）だけである。

「いや、今日王太子妃教育に来てたウィル兄の婚約者にバッタリ会ってさ」

「ほう？　確かホセは両家の顔合わせで一言も口を開いていなかったな。いつの間に、そんなに親しく会話を交わすようになったのだ？　ん？」

「え、いや、その……」

ウィリアムの様子が変わったことに気付き、ホセは質問の仕方を間違えたと思ったが、時既に遅し。

そんな弟に、表向きは心配そうな目を向けるオースティン。

微笑みの王子様などと呼ばれてはいるが、実は一番腹黒……狡猾……いや、要領が良いのがこのオースティンだったりするのだ。

完全に表の顔と裏の顔を使い分け、両親や婚約者にすらも裏の顔は見せないという徹底ぶりである。知っているのはウィリアムとホセのみだ。

なので今、侍従がいるこの応接室では、表の顔を見せている。

「兄上。婚約者とはうまくやっていけそうですか？」

オースティンの台詞に少し考えて、ウィリアムは答える。

「そうだな、リリアーナといると退屈しないだろうしな」

侍従がハーブティーを淹れ終えたタイミングで人払いをし、気心知れた三兄弟だけになった。

途端にオースティンの裏の顔が現れる。

「ウィルが女性といて退屈しないだなんて言う日が来るとは思いませんでしたね。一体どんな話をされているので？」

裏の顔の時は、兄上ではなくウィルと呼んでいる。

「どんな話と言われてもなぁ……。まだ一度しかまともに話せていないからな。そういえば鼻毛の話をされたな」

「『鼻毛？』」

「ああ。リリアーナがダニーに大笑いされたのを怒って、ダニーの鼻毛が三倍速で伸びるように毎日お祈りすると言いだしてな」

「それはまた、随分と地味な呪い……」

「私もそう言ったのだが、鼻毛を侮るなと言われたよ」

「ダニーに笑われた理由も気になりますが、何ともまあ随分と変わったご令嬢ですね」

何と言ったらいいのかというようにオースティンは微妙な顔をし、ホセは呆れた表情になった。

「でも、ウィルは随分とそのご令嬢を気に入っているようですね」

「ああ、女はもう信じないと心に決めていたが、何というか、彼女を見ていると小動物を愛でているような、何とも言えない可愛らしさを感じるのだ」

思いのほかウィリアムは彼女に惚れ込んでいるらしいと、オースティンとホセは視線を合わせると徐に頷いた。

ウィリアムは婚約に前向きなようだが、ホセは彼女がいまだ婚約解消のチャンスを狙っていることを知っている。

想いが行き違っている二人がこの先どうなっていくのか、意地悪くも少し楽しみなホセであった。

リリアーナの一日は『忙しい』の一言に尽きる。

朝は侍女のモリーに叩き起こされ、着替えて朝食を摂り、馬車にて学園へと向かう。

午前に三コマの授業を受け、仲の良い令嬢達と豪華なランチを頂き、午後に一コマの授業を受ける。

時々（面倒な）令嬢達のお相手をし、その後速やかに馬車にて王宮へと向かい、（面倒な）王太子妃教育を受けるのだ。

歴史や世界情勢に言語に習慣。王国内外のありとあらゆる情報をひたすら詰め込む。それだけではなく立ち居振る舞いやダンス、会話術に至るまで。

貴族の子息令嬢は小さな頃から各家で『先生』と呼ばれる方をお招きして、マナーやダンスなどを学んでいるのだが、王太子妃教育で施されるレッスンは、その比ではない程に厳しい。

美しい所作を求められ、何かする度にその都度指摘されるのだ。

ところが意外にも、リリアーナはそれなりに優秀なのだとか。

帰りが遅くなるので夕食は王宮にて頂くのだが、その時間ですら美しく食事を頂くためのレッスンにあてられている。

とはいえ、王宮で頂く料理はどれも素晴らしく、リリアーナは残さずに頂いている。

そして全てのレッスンを終えると、馬車に揺られてヴィリアーズ家の屋敷へと帰ってくるのだけれど、その頃には眠気との戦いが始まっているため、何度お風呂の中で溺れたことか。

その後這うようにしてベッドへと辿り着き、おやすみ三秒で羊を数える暇もなく、あっという間に眠りにつく毎日なのだ。

ちなみに週末は王太子妃教育はお休みとされているが、実際は王国の分厚い貴族名鑑を暗記するという課題を出されており、ゆっくり休んでなどいられない。

　このようなハードな生活を、リリアーナは婚約が決まってから続けていた。

「にゃぁぁぁああ!!　なんでこんな面倒なことに——!?　これも全部あの『氷の王子様』が適当に私を選んだせいですわ——!!」

　たまらず叫び、リリアーナは寝台でゴロゴロと暴れた。

　しかも、ウィリアム殿下も職務に忙しく、なかなかゆっくり会う時間もない。

　婚約後の両家顔合わせ以来二人が顔を合わせたのはたった一度、それも短時間である。

「婚約解消の直談判をするタイミングすらないなんて……いえ、むしろこのまま会わずにいれば、自然消滅、あるいは婚約解消ということになるかもしれませんわ」

　真面目な顔で呟くリリアーナに、モリーは呆れたような表情を浮かべた。

「何を言っちゃってるんですかね、お嬢様は」

「よし、いける！　まだまだ諦めませんわよ！」

　リリアーナは変な方向に気合いを入れた。

　爽やかな休日の朝。いつものようにモリーがリリアーナを起こしにやってくる。
「お嬢様、おはようございます」

「う～ん、あと一時間……」

「何仰ってるんですか。ほら、さっさと起きますよ」

「嫌ですわ。お休みの日くらいゆっくり休みますわ」

言うが早いか、まるで甲羅の中に引っ込んだ亀のように布団にくるまる。

そんな姿に呆れつつ、モリーはいつものように容赦なく布団を引っぺがす。

「今日はエイデン様とお出掛けになる予定ですから、早くお支度始めちゃいますよ～」

更にベッドの上からリリアーナを追い出し、シーツの交換を始めた。

リリアーナは頰をプクッと膨らませながら両腕をささやかな胸の前で組むと、精一杯不機嫌アピールをする。

「ちょっと、モリー？　あなた私の扱いが雑すぎませんこと？　それにエイデンと出掛けるとか、私聞いておりませんわ！」

「今言いました」

悪びれることなく言うモリーに言い返す気力もなくなり、渋々顔を洗いに洗面所へと向かいながら、独り言ちる。

「私の扱い方が酷いですの……」

モリー曰く『貴族令嬢のお忍びデート風』にリリアーナは可愛くコーディネートされた。

ちなみにモリーはコーディネートには必ず『○○風』と名付けて楽しんでいる。

モリーは支度を終えたリリアーナを馬車へと押し込んだ。

ニコニコと機嫌の良いエイデンとは対照的に、頬を膨らませて精一杯不機嫌アピールをしているリリアーナ。

今日は課題をサボって寝溜めしようと思っていたのに外に連れ出されたのだから、不機嫌なのも仕方がないであろう。

そしてまだ行き先を告げずにいるエイデンに、リリアーナが本日三度目の質問をした。

「で、どこに向かっておりますの？」

エイデンはその質問にはニヤリと笑みを浮かべ。

「だ〜か〜ら、それは着いてからのお楽しみって……ああ、着いたかな？」

タイミング良く馬車が速度を落とし始め、どこかで止まった。

エイデンは楽しそうに先に馬車を降り、次いで降りたリリアーナは辺りをキョロキョロと見回す。どうやら貴族御用達エリアではなく、庶民向けの商業エリアのようである。

「姉様、ほら。こっちだよ」

エイデンに手を引かれて向かった先にあったのは、雑貨店だ。

「先日オープンしたばかりの雑貨店だよ。姉様、こういうの好きだろ？」

エイデンの茶目っ気たっぷりなウィンク付きの言葉にパッと表情を明るくし、先程までむくれて不機嫌アピールをしていたことなどすっかり忘れた。

「好き、大好きですわ！」

ここが外だということも構わずリリアーナはエイデンに抱きつく。

エイデンは満足そうな顔で姉の頭を撫でた。

傍目から見れば、完全に兄が妹を甘やかしている図に見えることだろう。

「じゃ、早速中に入ろうか」

エイデンの言葉にコクコクと頷き、リリアーナはお店の扉を開けてスキップでもしそうな勢いで入っていく。

そこは彼女にとっての楽園であった。

リリアーナは細々した可愛らしい雑貨が大好きなのである。

目につく可愛らしい小物達をその都度購入していたら、あまりにも量が増えすぎてモリーからしばらくの間、雑貨店通い禁止令を出されてしまったのだ。

そんなわけで、久しぶりの雑貨店に興奮しきりだ。

エイデンの存在をすっかり忘れ、夢中で可愛い小物達を堪能する。

これぞ至福の時である。

しばらくして両手いっぱいの小物達を購入し、満面の笑みを浮かべながらエイデンの元へ向かうリリアーナがいた。

実は今日のこのお出掛けは、王太子妃教育を頑張るリリアーナへの気分転換を兼ねたご褒美にと、イアンとエイデンとモリーによって計画されたものであった。

何だかんだと、皆リリアーナには甘いのである。

雑貨店での買い物を終えると一度馬車に荷物を置き、その後は今若者の間で話題のカフェでランチを楽しむことになった。

王太子妃教育が始まってからというもの、授業が終わればすぐに王宮へと向かわねばならないため、ご学友である令嬢達とゆっくりカフェに行く時間もなかったのだ。

前にリリアーナが一度だけ漏らした愚痴をエイデンはしっかりと覚えており、雑貨店のついでにと誘ってみたのだ。

同じ学園に通うリリアーナとエイデンであるが、リリアーナは現在高等部、エイデンは中等部であり、校舎が違うために学園内で会うことはほぼない。

話はお互いの学園内で起こったことや、王太子妃教育の苦労話に王宮の食事の素晴らしさなど、尽きることがない。

とはいえ、リリアーナは令嬢達から呼び出しをくらっていることまでは話してはいない。

兄イアンと目の前のエイデンのお陰（？）で今のところ実害がないため、余計な心配を掛けなくてもいいだろうとの判断である。

エイデンはリリアーナが心配していたイジメなどにあっている様子がないことに、安心したようだ。

いつの時代も妬みや嫉みは尽きないものである。

何事もなく学園生活を謳歌出来るのならば、それに越したことはない。

頼んでいたランチメニューを美味しく頂き、デザートもしっかりと数種類頂いてから、大満足でカフェを後にした。

少しゆっくりしすぎたらしく、もう日は朱く建物の陰に隠れてしまいそうになっている。

予想外に有意義な一日を過ごすことが出来たリリアーナはご満悦だった。

急ぎ馬車に乗り込み屋敷へ戻り、着替えて家族皆で夕食を頂き、まったりと食後のお茶を頂く。

ああ、最高の休日でしたわ。

早く婚約解消して、こんな穏やかな日々に戻りたいですの。

今日の計画を立ててくれた感謝の言葉と共に、お土産をイアン兄様とエイデンとモリーに渡す。しかし、お父様とお母様の言葉に、背中に嫌な汗が伝った。

「リリ？　父様と母様の分は？」

……すっかり忘れておりました。お土産話じゃダメですか？（泣）

楽しい休日が明け、再び学園と王宮へ通うだけの日々を迎えた。

いつもであれば学園から王宮へ到着後、時間が惜しいとばかりにすぐに王太子妃教育が始まるのだが、今日は少しだけ時間を遅らせるようにお願いしてある。

というのも、昨夜突然ウィリアムと会うことが決まったからだ。

リリアーナは氷の王子様ことウィリアムの部屋へと向かった。

この部屋へ入るのは、あの婚約が決まった餌付けの日以来である。

部屋の前まで到着し、ノックをすれば中からウィリアムの声がする。

ウィリアムはソファーに腰掛けており、リリアーナはテーブルを挟んだ向かい側へと腰掛けた。使用人がお茶とお菓子の準備をし、扉を少し開けたまま出ていく。

婚約しているとはいえ、未婚の男女が密室で二人きりというのはあまり好ましくないこととされているためで、わざと扉を開けていくのである。

リリアーナは早速可愛らしい小さな紙袋を取り出すと、ウィリアムに「どうぞ」と手渡した。

「週末に弟のエイデンと街まで出掛けまして。そこでウィリアム殿下にとても似合いそうなものを見つけましたので、お土産に買ってきましたの」

「リリアーナが私に？　ありがとう。開けてみても？」

「ええ、どうぞ」

　ウィリアムは早速袋を開けて、中から発色の綺麗な碧い紐のようなものを取り出した。

「髪紐ですわ。とても綺麗な色合いでしょう？」

　自信たっぷりにご機嫌な様子で言い切る姿は、まるで小さな子どもが「どうだ、すごいだろう」と胸を張って言っているようで、ウィリアムは微笑ましい気持ちになった。

「とても可愛らしい小物がたくさん置いてあるお店なんですの。何でも先日オープンしたばかりのお店らしくて。イアン兄様とエイデンと侍女のモリーが、気分転換と王太子妃教育を頑張っているご褒美にと、サプライズで計画を立てて連れていってくれましたの。兄様にはペン立て、エイデンにはブックカバー、モリーには髪飾りをお土産に選びましたの。素敵なものばかりで、選ぶのが大変でしたわ。ああ、でも、ウィリアム殿下の髪紐は瞳の色と同じ綺麗な色をしておりましたので、これしかないとすぐに決まりましたのよ」

　……本当は『仮にも婚約者がいるのだから、何かお土産を選んだ方がいいのでは？』とエイデンに言われて、慌てて選んだのだ。

　たとえ婚約解消を目論んでいるとしても、相手は王族であり、放置はまずいかもしれないと。

一方、ウィリアムはこれまでに瞳を含め容姿を褒められたことは腐るほどあるが、リリアーナに瞳の色を綺麗と言われると、これ程に嬉しく思ったことは今までになかったと、破顔した。

そして髪紐を手にしたまま立ち上がると、リリアーナの座るソファーへと移動して隣に腰を下ろした。

今日はあの笑い上戸なダニエルもいないわけで、なぜ隣に座ったのか意味が分からずリリアーナは困惑した。

ウィリアムは結んでいた髪を解き、お土産の髪紐をリリアーナに渡し微笑む。

「リリアーナが結んでくれ」

この場にダニエルがいたらきっと、天変地異の前触れだと大騒ぎになったことだろう。

とはいえ、リリアーナは目の前の彼が笑った顔を既に何度も見ているため、それがどれ程すごいことなのかを全く理解していないのだが。

「分かりましたわ」

髪紐を手にリリアーナが立ち上がると、ウィリアムは不思議そうな顔をする。

「どこに行く気だ？」

「え？　ウィリアム殿下は背が高くてらっしゃるので、失礼ながら後ろに回って結ぼうかと」

「何だ？　高さが問題ならこれでいいだろう？」

そう言ってリリアーナを軽々と持ち上げると、ウィリアムは自分の膝の上に向き合う形で乗せた。

リリアーナがウィリアムを跨いで座る状態であり、これは決して淑女のする格好ではない。

突然のことに全く抵抗も出来ず、片手に碧い紐を持ったまま固まるリリアーナ。

目の前には綺麗な顔で微笑む王子様。

逃げようにも腰の後ろでガッチリと手を組まれており、逃げ出せそうにない。

部屋の扉は少しとはいえ開いている。聞き耳を立てれば中の話し声は聞こえてしまうし、いつ使用人やこの前のようにダニエルが入ってくるとも限らない。

扉から少し離れたところには騎士もいるのだ。

こんな恥ずかしい姿を誰かに見られたら……。

恥ずかしさにきっと真っ赤になっているだろう頬に両手を添えると、とても熱かった。

「えっと、その、そ、そうです。わ、私、王太子妃教育の時間ですので、そろそろ行かなければ……」

「そうだな、急がねば誰かが迎えに来るかもしれぬな」

ウィリアムはとても楽しそうにしているが、腰の後ろに回された手は外される気配がな

い。それどころか、先程よりも力が増しているように感じる。

どうやら髪を結ぶまでは、リリアーナを膝から下ろす気はなさそうである。

根比べでは以前の餌付け時に既に負けているのだ。

ここはさっさと結んで膝から下ろしてもらった方が、早くこの状況を打破出来るだろう。仕方なく腹をくくり、恐る恐る目の前の彼の髪へと手を伸ばす。

サラサラとした長い金髪は、とても柔らかく手触りが良かった。

だが、こちらをジッと見つめているウィリアムの綺麗な顔が目の前にあるわけで。

ち、近い……。

やりにくいことこの上ないのだ。

「あの、ま、前から結ぶのは結びにくいですから、せめて少し横を向いて頂いても？」

そう言うとちゃんと横を向いてくれたのでホッとする。

……綺麗に結べとは言われていない。適当でも何でも結べばいいのだ。

リリアーナは自身にそう言い聞かせ、目の前の金髪を適当に一つにまとめると、碧い髪紐で結ぶ。

彼は「ありがとう」と言ってリリアーナの頭を撫でた。

ウィリアムの膝から下ろしてもらい、ようやくこの羞恥プレイが終わったことに安堵しているところに、使用人がリリアーナを迎えに来た。

危なかった！

あと少し遅ければ、あの恥ずかしい姿を見られていたのかと思うと恐ろしい。

使用人はご機嫌な様子の『氷の王子様』を見て一瞬驚きの表情を浮かべるが、すぐに何事もなかったかのように表情を戻すと、リリアーナを王太子妃教育の施される部屋へと案内した。

……残念ながらその日の王太子妃教育は、全くリリアーナの頭に入ってはこなかった。

何度も集中するようにとお叱(しか)りを受けるも、ウィリアムの羞恥プレイが強烈(きょうれつ)すぎて集中出来なかったのだ。

（なんであんなことを……!?）

屋敷に戻り湯船に浸(つ)かりながら、また思い出し顔を赤く染めると、モリーにのぼせたと勘違(かんちが)いされてしまった。

のぼせたわけではないと言ったところで、じゃあなぜと問われても、あの羞恥プレイを説明するなど出来るはずもなく――。

浸かって早々に湯船から出され、着替えた後ベッドに押し込まれた。

それもこれも、ウィリアムがあんなことをしたせいだ！

二度とあんな目にあってたまるかと、リリアーナはウィリアムへの警戒心(けいかいしん)を強めた。

「何もないところでウィリアム殿下が躓きますように……」

ぶつぶつと祈っていると、モリーから報告を受けた両親と兄弟が、次々と部屋へと駆け込んできた。

「リリ、大丈夫かい？」

「リリ、疲れてるんじゃないのかい？」

「姉様、少し休んだら～？」

心配を掛けてしまったことを申し訳なく思いながらも、簡単に王太子妃教育を休めという言葉を口にしたエイデンに、リリアーナは頬を膨らませた。

「ダメよ！　ここで休んだりなどしては、きっと王太子妃教育が辛くなって逃げ出したなどと笑い者にされてしまいますわ。私が逃げたいのは次期王太子の婚約者という面倒な立場であって、王太子妃教育からではありませんわ」

……一部不適切な言葉が含まれていたように思われるが、そこは家族仲良く（？）スルーした。

大事な大事な可愛い娘であり、妹であり、姉であるリリアーナに、この家族は過剰なまでに過保護である。

無理しすぎないようにという言葉を残して皆が部屋から出ていった後、リリアーナは小さく溜息をついて独り言ちた。

「殿下ったら、よくもあんな恥ずかしいことを……って、そういえば！　せっかく久しぶりにお話し出来ましたのに、婚約解消について直談判するのを忘れてたぁぁぁぁああ」

ウィリアムの羞恥プレイのせいで肝心なことを忘れてしまったリリアーナは、頭を抱えて寝台でゴロゴロと暴れた。

第5章 リリアーナ、王子様を警戒中

「警戒されているな」

目の前に立つダニエルは、呆れた顔をしながらそう言った。

「なぜ？　なぜ警戒する必要がある」

ウィリアムは若干眉間に皺を寄せながら、納得がいかないとばかりに吐き捨てる。

「いやいやいや、いくら何でも急に攻めすぎだろ？　人の知らないところで何をやってるんだか」

ダニエルは頭が痛いとでも言いたそうに手を当てて、盛大に息を吐く。

「少しずつ距離を縮めていくなら分かるけどさ。いきなり膝の上って何だよ！　この前の餌付けも俺に言わせりゃギリアウトだからな？　初めて言葉交わしたその日に餌付けって……」

ふむ、どうやら餌付けをするのも、膝に乗せるのもダメだったらしい。

だが、あれはリリアーナがあまりにも可愛らしかったためについしてしまったことで、不可抗力みたいなものだ。

「そんなんだから警戒されて、茶の誘いも断られたんだろうよ」

そうなのだ。リリアーナからお土産だと、ウィリアムの瞳と同じ色の髪紐をもらってから十日程経った昨日のこと。

今まで女性と会うための時間を作ろうなどと思ったこともなかったウィリアムが、初めて自らの意思で時間を調整し、リリアーナを庭園の四阿に誘ったのだが——。

「お誘いありがとうございます。ですが王太子妃教育の課題がございますので、大変申し訳ございません」

と逃げられてしまったのだ。

まるで愛情を込めて育てた小動物に急にそっぽを向かれてしまったようで、ウィリアムは大きなショックを受けた。

ダニエルにその話をしたところ、先程の『警戒されているな』という台詞に繋がったのである。

「で、王子サマはお姫様と仲直りがしたいと仰るんで？」

「べつに喧嘩などしていない」

「けど警戒はされてるよな」

「……」

ダニエルのくせに、と悔しく思うのだが、女相手の事となるとやはりダニエルの方が知識も経験も上である。自分には、なぜリリアーナに避けられているのかも、元のように接してもらうにはどうすればよいのかも分からない。

ウィリアムがそのようなことを話すのも相談出来るのもダニエルしかいないわけで。

……結果、黙る一択しかないのである。

解決策が見つからないまま、ウィリアムは近衛騎士団訓練場へ向かった。

すると休憩中に、新人騎士達が何やら楽しそうに話しているではないか。

気になるキーワードを耳にし、つい聞き耳を立ててしまう。

「先日彼女から家紋の刺繍をしたハンカチをもらってな。そのお礼をしたいと思うのだが、何をプレゼントしていいのか迷ってしまってな……」

「そうだな、髪飾りなどはどうだ？　彼女の瞳の色に合わせた石のついたものとか」

「それならブローチなんかもいいのではないか？」

「確か本が好きな令嬢だと言っていたな。ブックカバーも喜びそうじゃないか？」

……ふむ、お礼のプレゼントか。

そういえば、リリアーナからもらった髪紐の礼をしていなかったな。

もしかして、プレゼントのお返しがないことに、リリアーナは拗ねているのだろうか？

だとすれば、何たる失態！

女性とまともに関わっていなかったせいで、そういったことに思い至らなかったのは確かだ。

今からでも遅くはないだろうか？

「リリアーナに髪紐の礼をしようと思うのだが、何を選べばいいのか分からぬ。ダニー、何かいい案はないか？」

訓練中だが、忘れる前に聞いておかねばとダニエルに相談してみた。

「お礼を思い付いたのはウィルにしちゃ上出来だけどな？　そんなことより今は訓練に集中しろ」

「ちゃんとこなしているのだから、問題ない」

ダニエルはなぜか呆れたような目をウィリアムに向けてくる。

すると、近衛騎士団一の問題児ケヴィンが話に入ってきた。

「それなら彼女が行きたい店に連れていって、気に入ったものをプレゼントさせてほしいとでも言えばいいんじゃねえの？　デートも出来て一石二鳥だろ？」

ケヴィンは無類の女好きと評判の男だ。

普段はその手の話は相手にしないのだが、確かに本人に選んでもらえば間違いないだろう。

この男の意見に一理ある。

「採用……」

「するな！」

　ダニエルに即否定された。なぜだっ！

　結局何も出来ないまま、数日が経った。

「なあ、ウィル。真面目に仕事している姿を見せてみたらどうだろう？」

「いきなり何だ？」

「いや、ウィルを警戒している子猫ちゃんにさ」

　恥ずかしげもなく『子猫ちゃん』なんて言うダニエルに、ウィリアムは白い目を向ける。

「いやいや、ちょっとふざけてみただけだろう？」

「筋肉マッチョが子猫ちゃんなんて、冗談でもやめてくれ。背筋に悪寒が走ったぞ」

「おまっ、せっかく一生懸命考えてやってるのに、その言いぐさはないだろ？」

　ダニエルなりに、最近氷がデロデロに溶けているこの王子様のために、リリアーナの警戒心を解く方法を考えてくれていたらしい。

　ありがたいことだが、『子猫ちゃん』の台詞で台無しである。

「仕事を見せるといっても、この書類の山でも見せるのか？」

「ちげえよ！　訓練中の姿でも見せれば、少しはウィルのことを見直すんじゃねえの？って言ってんの」

ウィリアムとダニエルが所属する近衛騎士団は、所謂花形職業である。給料も他の職業に比べてそこそこ高いため、結婚相手として下位貴族の令嬢や庶民からの人気も高く、週末の度にお相手探しの令嬢達が訓練を見学に来るのである。

そのため、週末のウィリアムの機嫌はすこぶる悪い。

「週末は王太子妃教育は休みなんだろ？　誘ってみたらいいじゃないか」

「……リリアーナが騎士の訓練に興味を持つと思うか？」

「それを言われるとなぁ。菓子作りの見学なんかの方が、よっぽど喜んで来そうだよな」

「否定出来ん」

「じゃあ、何かのついでに騎士団の見学ってのは？」

「いいと思うが、何のついでかにもよるな」

「近いうちに温室のアガベが花を咲かせるらしい。それをエサに誘ってみたらいいだろ？」

何のついでにするべきか二人で話し合っていると、エロテロリストことケヴィンがやってきた。

「アガベとは何だ？」

ウィリアムがすごい勢いで食らいつく。

「通常はトゲトゲのないアロエみたいな感じなんだが、花が咲く時には葉の中心から花茎が二メートル程に伸びて開花するんだと。何でも花が咲くのは百年に一度らしいぜ。女達が騒いでいたからな」

ダニエルも知らなかったらしく、最後の『女達が～』のくだりは置いておいて、感心したように聞いている。

「どんな花なんだ？」

「いや、まだ咲いてねえし、俺が知るわけねえじゃん。それを一緒に見に行けって言ってんの」

面倒くせぇと言いながらもちゃんと教えてくれる彼は、最近周囲からも案外いい奴認定されつつあるのだが、あまり嬉しくはないようだ。

「とりあえずウィルはリリアーナ嬢に声を掛けること。で、訓練が終わる十分前を待ち合わせ時間に設定しておいて、訓練場で待ってもらう。それなら自然とウィルが訓練している姿を見せられるだろ？」

「待たせてしまうのは申し訳ないが、確かにそうだ」

他にも幾つか案はあったのだが、話の流れ的にはそれが一番うまくいきそうということで、採用となった。

リリアーナに別の予定が入る前に誘ってしまえというわけで、王太子妃教育のために登城したリリアーナに、早速声を掛けてみる。

久しぶりに顔を合わせたが、彼女はいまだ警戒中のようで、態度に緊張が表れている。

「リリアーナはアガベを知っているか？」

逃げられないようにさりげなく道を塞ぎつつ、話を切り出した。

「アガベ、ですか？」

「ああ。週末辺りにアガベの花が咲くそうでな。何でも百年に一度しか咲かない珍しい花らしい。一緒に見に行かないか？」

「百年に一度……。それはとても興味深いですわね。私でよろしければご一緒させて頂きますわ」

どうやらお菓子でなくても、珍しい花に興味を持ってもらえたようである。

「ただ私はその日も近衛騎士団の訓練があってな。昼の休憩時間に合わせてもらってもいいだろうか？」

「まあ、お忙しいのにお時間を取って頂いて。ありがとうございます……」

お忙しいのであれば無理せずともよろしいですよ、と言われるだろうことは想定済みなため、それを言われる前に被せるようにして続ける。

「それで、リリアーナに頼みがあるのだが」

「頼み、と仰ると？」

「騎士団の訓練場の中に座れる場所があるから、そこで待っていてほしいのだ。訓練が終わり次第、その足で一緒にアガベの花を見に行こう」

「分かりましたわ」

頼みと言いながら、この言い方には選択肢が「はい」一択しかない。

珍しい花に興味はあるし、それぐらいの頼みであればかまわないと思うように誘導したのである。

我ながらうまくいったと、心の中でグッと握った拳を高々と上げるウィリアムであった。

週末、リリアーナは約束通り王宮へやってきた。

馬車を降り、使用人の案内で近衛騎士団の訓練場へと向かう。

王太子妃教育で週末以外のほぼ毎日訪れている王宮だが、訓練場に行くのは初めてである。

その頃訓練場の中では――。

「おいおい、眉間に皺がすごいぞ。……少しは笑って声援に応えてやればいいのに」

「必要ない」

「いや、でもさ。応援してくれてる令嬢達は喜ぶだろ？」

「知るか！　だったらダニーがそうすればいい。これ以上騒がれたら練習に差し障る」

　そう言って、訓練場の中を覗いて騒いでいる令嬢達を睨み付ける。

「静かに見ることも出来ないのか？」

　イライラしつつも、そろそろ来るだろうリリアーナを気にして出入り口を見ているウィリアムに、ダニエルはボソリと呟いた。

「はぁ、ホント扱いが全然違うよなぁ」

「何か言ったか？」

「いや。そろそろリリアーナ嬢の来る時間だろ？　そんな風に眉間に皺を寄せてたら、引かれるぞ」

　ダニエルにそう言われ、ウィリアムは慌てて眉間を揉み込む。

　どうやら皺を伸ばそうとしているらしい。

　そんな姿にダニエルは小さく笑った。

「よし、いっちょ格好いいところを見せて、見直してもらおうぜ」

　バシバシとウィリアムの背中を叩くと訓練に戻っていく。

　ウィリアムも小さく溜息を一つついて気持ちを切り替えると、訓練に戻った。

　訓練場が近付くにつれ、剣のぶつかり合う音や騎士達の声に混じって、女性特有の甲高い声が聞こえてくる。

「何やらすごい声援ですこと」

リリアーナは呆れたように呟く。

あのように大きな声を出すなど、淑女として恥ずかしいことである。

「騎士の方って、そんなに人気がありますの？」

小首を傾げてリリアーナがモリーに尋ねる。

珍しい花をモリーにも見せてあげたいと、一緒に連れてきたのだ。

初めは恐縮していたモリーであったが、百年に一度しか咲かないという花への興味に勝てなかったらしい。

「下位貴族のご令嬢方にとても人気がありますわ。騎士の中でも近衛騎士は花形職業ですし、お給料もいいですしね。下位貴族が上位貴族に見初められるのは現実的ではありませんので、ならばと無理に下位貴族のご子息を捕まえるよりも、騎士や裕福な商人に嫁いだ方が生活の保証がありますからね」

「モリー、あなたなぜそんなに詳しいんですの？」

「いえ、逆にお嬢様はなぜそんなに知らないのか不思議ですわ」

モリーが呆れたように答えるのと同時に、訓練場前へと到着した。

入口の周辺には、頑張ってお洒落してきました的な令嬢達で溢れかえっている。

あれをかき分けて中に入るのはちょっと……とリリアーナ達が思っていると、案内してくれていた使用人が小声で話しかけてきた。

「こちらへ」

裏口へ誘導してくれ、彼に続いて中へと入っていく。

訓練場の隅にはベンチのような腰掛けられる場所があり、使用人の彼がそこに布を敷き、リリアーナが座れるようにしてくれた。

「ありがとう」

お礼を言って、リリアーナはそこに腰を下ろした。

訓練場の外から覗いている令嬢達は目敏くリリアーナ達を見つけ、コソコソと耳打ちを始める。

彼女達よりも身分は上であるし、何よりリリアーナはウィリアム殿下の一応婚約者である。

表立っては言えないからこそ、ここぞとばかりに陰口をたたいているのだろう。

何とも落ち着かない空間である。

モリーが一緒にいなければ、何か理由をつけて帰ってしまったかもしれない。

令嬢達を視界に入れないように訓練場内を見渡せば、奥の方で、新人騎士の指導をしているらしいダニエルの姿を発見した。

そしてそこから少し離れた場所で、ウィリアムが刃を潰した剣を使って、およそ新人とは思えない騎士と打ち合っている。

　思えばウィリアムのこういった姿を見るのは、初めてのことである。

　相手を見据える鋭い視線。

　軽々と突き出される剣を見て、思わず口から出てしまった。

「あの剣はそんなに軽いものですの？」

「いいえ、それなりの重さがございます。ウィリアム殿下の剣技をご覧になれば、そう思いたくなる気持ちも分かります。殿下の強さは……と、失礼しました」

　答えたのは、この場所まで案内してくれた使用人の彼だった。

「いいえ、説明ありがとう。よろしければもう少し解説をお願い出来るかしら？」

「……私の拙い言葉でよろしければ」

「お願い」

「畏まりました」

　彼はリリアーナとモリーにも分かるように、丁寧に解説してくれた。

　彼の説明によると、ザヴァンニ王国一の強さを誇る近衛騎士団長の剣をまともに受けることが出来るのは、ウィリアムだけだとか。

　他の騎士達が弱いというよりも、団長と副団長の二人が突出して強すぎるのだそう。

　今ウィリアムと打ち合いをしている騎士も、かなりの腕を持つらしいのだが――。

よくよく見てみると、騎士は汗だくになって肩で息をしているが、ウィリアムは汗一つかいておらず、呼吸も乱れていない。

まだまだ余裕があるということなのだろう。

(噂ではとても強いと聞いていたけれど、実際こうして目にする機会を得て、私の婚約者様は途轍もない才能を持った方だと、初めて理解出来た気がしますわ)

三十分程見学をした頃、ウィリアムの低く通る声が、訓練場に響き渡った。

「打ち合いやめ！　これから二時間休憩に入る」

「ありがとうございました！」

ザワザワと疲れた顔をしながら訓練場を出ていく騎士達。

出入口では待ってましたとばかりに、お目当ての騎士にタオルや水筒を渡そうと、令嬢達が待ち構えている。

「何と言いますか、肉食獣の群れに突っ込む草食獣？」

モリーが思わずといったように呟く。

肉食獣がご令嬢達で、草食獣が騎士様達ですわね？　とても分かりやすいたとえですわ。

「これまでに狩られた騎士様はいらっしゃいますの？」

「申し訳ございませんが、私には分かりかねます」

知っていても言えないのか、使用人の彼は苦笑を浮かべている。

「リリアーナ」

呼ばれて振り向けば、すぐ横にウィリアムとダニエルが来ていた。

「待たせてしまったな」

柔らかな笑顔でウィリアムはリリアーナの頭を優しく撫でる。

「いえ、私も少し前に着いたところですので……」

リリアーナはさりげなく後退し、その手から逃れた。

リリアーナ達が来る前に見学の令嬢達を睨んでいた彼は、一体どこに行ったのだろうかと思わせるほどの豹変ぶりである。

その場を見ていないリリアーナ達はそんなことは知らなかったのだが、実際睨まれていた令嬢達はリリアーナのことを『適当に選ばれた婚約者』だと思っていたため、その光景にかなりの衝撃を受けていた。

そして、そんな令嬢達の口から『氷の王子を溶かしたご令嬢』として噂が加速度的に広まっていくのだった。

「では早速行こう」

ウィリアムから右手を差し出され、警戒しながらも渋々その手に自分の左手を重ねた。

ウィリアムは繋いだ手をゆっくりと引いて歩きだす。

そしてその後ろをついて来るダニエルとモリー。

アガベの花が見られる温室は、中庭をちょっと進んだ一番奥の小さな噴水の前にひっそりと建っている。

ウィリアムは空いている左手で扉を押して中へと入っていった。

「王宮にこんな温室があるのを知りませんでしたわ」

「まあ、見目麗しい花達が迎えてくれるような、普通の温室とは違うからな。ここの手入れを担当しているヤツは少し変わっていて、珍しい植物や変わった植物ばかりを集めてな。べつに危険な植物があるわけではないのだが、万が一ということもある。一人では中に入らないようにしてくれ」

「分かりましたわ」

ウィリアムは扉から十歩程度歩いたところで立ち止まると、「この右側の植物がアガベだ」と指差した。

鉢に植えられたトゲトゲのないアロエに似た葉の中心から、長い棒のようなものが真っ直ぐ上に伸びており、その所々から黄色い細長いものが固まって出ている。

どうやらその細長い黄色いものが花のようだ。

何と言うか、思っていたものとだいぶ違った感じだが。

おしべとめしべだけの黄色いその花は、綺麗という言葉にはあてはまらないかもしれないが、もう二度と目にすることはないだろうと思えば、感慨深いものがある。

「アガベは一生の最後に花を咲かせ、咲き終わると枯れてしまうらしい」

「え？　ではこの花はもうすぐ枯れてしまうのですか？」

「そういうことだな」

リリアーナは困ったように眉尻を下げて「何だか寂しいですわね」と呟いた。

「この個体は枯れてしまうかもしれないが、その子どもがまたどこかで根付き、いつか花を咲かせ、誰かの目を楽しませるのかもしれないな」

ウィリアムはそう言って、リリアーナの頭を優しく撫でる。

氷の王子の優しい言葉を意外に思いながらも、その考えは素敵だなとリリアーナは胸がほっこり温かくなるのを感じた。

午後も再び訓練があるらしく続けて見学していくか聞かれたが、そこは丁寧にお断りさせて頂き、大層珍しい花を見せてもらったお礼を述べ、モリーと王宮を後にした。


「これで少しは警戒心を解いて見直してくれただろうか？」

ポツリと呟くウィリアム。

これは無意識に出た言葉だろうと、付き合いの長いダニエルには分かっている。

ウィリアムがリリアーナに向ける感情が、小動物を可愛いと思うようなものなのか、恋愛としてのものなのか。

恋愛初心者のウィリアムのことだから、きっと分かっていないんだろうな、とダニエルは思う。

しかし大の女嫌いだったウィリアムが、小さな淑女のことをこんなにも気に掛けているのを見れば、応援したくなるというものだ。

「警戒心が解けたかは分からんけど、少しは見直してもらえたと思うぞ？」

ダニエルはそう言ってポンと肩を叩き、二人は訓練場まで歩いていく。

そして、そんな二人の後ろ姿を王妃が見ていたのだった。

第6章　リリアーナ、王妃様とお出掛け

ある日、いつものように登城すると、いきなり王妃様（の従者達）に拉致られ……お茶に誘われた。

奥庭の真っ白で小さくて可愛らしい四阿にて、王妃様は優雅に寛いでいる。

（流石はザヴァンニ王国のサファイアと言われる王妃様、絵になりますわね……ではなくて。なぜこんな真似……普通にお誘いくださらなかったのかは、聞けませんわね）

とりあえずご挨拶を、と思ったところで、

「いやぁね、そんなに畏まらないでちょうだい。あなたと私の仲じゃない」

コロコロと鈴の鳴るような声で言われた。

（一応嫁姑（予定）の仲ではありますが、直接言葉を交わしたのは数えるほどでは……考えても無駄なのでやめておきましょう）

仕方がないので軽く会釈してから席に着く。

「そうそう、王太子妃教育の方は、今日はお休みにしましたから、安心して寛いでちょうだいな」

え？　お休みですの？

本日のレッスンはダンスと世界情勢の予定で、ダンスはともかく世界情勢の授業は楽しみにしておりましたのに……。

などとは王妃様相手に言えるはずもなく。

「……ご配慮頂き、ありがとうございます」

何とか笑顔を貼り付けてそう言えば、

「リリアーナちゃんはご家族からどんな愛称で呼ばれているのかしら？」

突然まさかの『ちゃん呼び』をされた。

……私、こう見えても立派な淑女なんですが（泣）。

心の涙を堪えて答える。

「両親や兄弟からは『リリ』と呼ばれております」

「リリちゃんね。可愛いわぁ」

……ですから私、こう見えても淑女（面倒なので割愛）。

「リリちゃんは東方の国のお茶は口にしたことがあって？」

リリちゃん呼び、決定のようです。

「いえ、話に聞いたことはございますが、実際に口にしたことはございません。確か、緑色をしたお茶だとか」

「あらあら、リリちゃんは博識ねぇ。そうなの。そのお茶が手に入ったものだから、ぜひリリちゃんと一緒に頂こうと思って、拉致するようにお願いしたのよ？　うふふ」

……もう、どこからツッコんだらいいのか分かりません。

完全なお子様扱いに加え、拉致って認める発言をなさいましたけれども。

「それでね、前にも話したと思うのだけど。私、義娘と一緒に街にお出掛けするのが夢でしたのよ」

ニコニコととても眩しい笑顔で続ける王妃様。

確かに婚約が確定したあの日に、そんなお話をしていた。

婚約回避を狙って登城したあの日のことを思い出し、リリアーナは遠い目をした。

「そういうわけで、明日の王太子妃教育もお休みして、私と一緒にお出掛けしましょうね」

とても美しい（断ることは許さないといった威圧感たっぷりな）笑顔で、王妃様は仰った。

え？　王妃様とお出掛け？　なんでいきなりそうなりますの……!?

「は、はい。楽しみにしております……」

この言葉以外に何を言えと？

昔から長いものには巻かれろと言うではありませんか。

お断りを告げられるという猛者がいるのならば、ぜひとも今、ここに出てきて頂きたいですわ！

「リリちゃんも楽しみにしていてくれるのね。嬉しいわ」

リリアーナの心の叫びも虚しく、王妃様はご機嫌である。

どうやら明日のお出掛けは決定したらしい。

リリアーナの婚約解消への奮闘虚しく、どんどん外堀を埋められていく。

ウィリアム殿下の羞恥プレイの次は王妃様の嫁姑プレイですの!?

立て続けに敵が立ち向かってくることに頭を抱えるリリアーナであった。

学園での授業が終わると、王妃様をお待たせすることなど出来ないので、慌てて馬車へと乗り込み、王宮を目指す。

王太子妃教育が始まって以来の最速で王宮に到着した。

頑張って馬車を引いてくれた馬達には、後で人参の差し入れを持っていきましょう。

使用人に、応接室でなく王妃様の私室まで案内され、リリアーナは小さい体を更に小さく縮こまらせた。

恐る恐る見渡せば、品の良い調度品でまとめられた部屋は、ウィリアム殿下のお部屋程ではないが、スッキリしている。

ここが王妃様の私室でなければ、なかなかに落ち着く部屋なのではあるが。

王妃様付きの侍女が淹れてくれたお茶にも、お菓子にも、今は手を伸ばす気分ではない。

十分程時間が過ぎたであろうか。ようやく王妃様のご登場である。

「お待たせしてごめんなさいね？　とっても乗り心地の良い馬車を手配してあるから、それで許してちょうだいね」

「滅相もございません。お気遣い頂きまして、ありがとうございます」

「嫌だわ、リリちゃんたら。そんなに畏まらないでちょうだいな」

「いえ、王妃さ……」

「もう、王妃様なんて他人行儀な言い方はやめてちょうだい。何ならお義母様と呼んでもいいのよ？」

いきなりハードルが上がりましたわ！

「いえ、あの、まだそれは早すぎる気が……」

「そんな、遠慮なんてしなくてもいいのに。リリちゃんは奥ゆかしいのね」

それこそ滅相もございません！

そもそも婚約解消を目指しておりますのに、お義母様なんて呼べるわけがありませんわ――!!

それに私が奥ゆかしいだなどと、そんな言葉は初めて耳にしました。

エイデンがこれを聞いたら、きっとお腹を抱えて大笑いしそうですわね。

「ではソフィアと呼んでちょうだいな」

……一瞬気を失うかと思いました。王妃様のお名前をお呼びするなんて。

けれども王妃様は目を爛々と輝かせて、まるで「早く、早く」といった風に見つめてくる。

「……ソフィア妃殿下」

仕方なくそう呟けば、不機嫌そうに「他人行儀ね」と言われる。

半ばやけくそで、

「ソフィア様」

と呼んだところでようやく納得して頂けた。

「今はその呼び方でいいわ。ですが婚姻が成立した時には『お義母様』って呼んでちょうだいね」

「……はい」

まだお出掛け前だというのに、この短時間に精神をガリガリと削られて、最後までもつのだろうかと不安な気持ちになる。

そのまま王妃さ……ソフィア様と馬車へと乗り込むリリアーナであった。

「着きましたよ。ここはね、今王都で一番人気のデザイナーのお店なのよ」

お店の前に馬車を横付けなど、王族でなければ出来ない。

御者台に乗っていた王妃様の侍従に手を貸してもらい、馬車を降りる。

王妃様が手配した馬車は流石、最高の乗り心地であった。

店の中からワラワラと従業員らしき方々が出てきて、総出でお出迎えされた。

ギリギリ上級貴族の中に入るヴィリアーズ家だが、お出迎えは店によって差はあれど、大体一～三人が普通である。

こういうのは何だか落ち着かないのだが、王妃様は当然のように受け止めている。

（王太子妃ともなれば、このようなことにも慣れないといけないのでしょうか？）

王妃様はご機嫌で店内へと入っていき、慌ててリリアーナは後を追う。

何とも煌びやかなドレスが壁一面に並べられており、目がチカチカしますわね。

奥の部屋へと案内されると、そこはとても落ち着いた上品な空間だった。

王宮程ではないけれど、テーブルやソファーはとても良い素材を使用したものであることが窺える。

緊張した面持ちで従業員の一人がお茶を淹れ、可愛らしいお菓子をテーブルに並べ終えると、そそくさと退室していった。

王族相手じゃ、たいていの者は緊張に耐えられずにそうなりますわね。

せっかくなので出されたお茶とお菓子を遠慮なく頂いていると、ノックの音がして前下がりボブの長身スレンダーな超絶美女が現れた。

「ソフィー、お待たせ」

「うふふ、相変わらず美人だこと」

「ソフィーも私の次くらいには綺麗よ？」

「あら、そんなことを言うのはあなたくらいだわ」

いきなり始まった美女二人の会話に全くついていけないリリアーナ。

王妃様のことを愛称呼びするくらいに仲が良いのは分かるが。

王妃様の美しさを自分の次と言い切った彼女は一体……？

空気のように身じろぎ一つせずにいれば、王妃様が思い出したように紹介してくれた。

「そうそう、ウィリアムの婚約者のリリちゃんよ。可愛いでしょう？」

ああぁぁぁああ、婚約者だなんてあまり広めないでください～！　しかもこの超絶美女の前で『可愛い』だなんて、何の罰ゲームですの？

そう思いながらも淑女らしく礼をする。

「リリアーナ・ヴィリアーズと申します」

「アンドリューよ。アンって呼んでね」

慣れたようにウィンクしてきた。

うん？　アンドリュー？

「ほら、リリちゃんが混乱してるわよ？」

王妃様がコロコロと笑っている。

「どちらでもいいじゃない？　私の美しさは性別を超越しているのだから」

うふふ、と笑ってティーカップの紅茶を頂く所作もとても美しく、彼（？）はマナーの先生としても十分にやっていけるのでは？　と思う程だ。

「それで？　今日は可愛いリリちゃんのドレスでも作るつもりで来たのかしら？」

「よく分かったわね？　本当なら五日後のパーティー用のドレスを作りたいところだけど、それはウィリアムが手配しているそうだから、その後のパーティーに着るドレスをあなたにお願いしたいのよ」

え？　あの『氷の王子様』がドレスの手配ですの？　初耳ですわ。

お母様がドレスの準備は心配ないと仰ってましたから、てっきりうちで手配しているとばかり……。

「それはまあいいけど。どんな感じのものにするかは決まっているの？」

「そうねぇ。リリちゃんの可愛い雰囲気を壊さず、かといって幼く見えすぎないものを」

「舐められないように、ね」

「あら、分かっているじゃない」

「ふふふ、何年の付き合いだと？」

ドレスを着る本人をそっちのけで楽しそうな美女二人。

リリアーナはこれ幸いと、目の前のテーブルに並べられたお菓子を一つ、また一つとつまんでいく。

このイチゴをホワイトチョコレートで包んだものは最高ですわ！

どちらのお店の商品かしら？　聞いて帰るのはまずいかしらね？

それにしても本当に美味しいですわ。もう一つ頂きます。

「……なのよ。リリちゃんはどっちがいいかしら？」

お菓子に夢中になり、リリアーナは全く二人の会話を聞いていなかった。

しかもタイミング悪く、口の中では先程放り込んだお菓子が踊っている。

「「……」」

ダラダラと見えない心の汗を大量に流しながら、何とか咀嚼して飲み込む。

突然プッと音がして見れば、アンドリュー様が噴き出した音であった。

一瞬、どこかでこんなことなかったかしら？　と思ったリリアーナだが、次の瞬間アンドリュー様にギュウッと抱き締められた。

「いやだ、この子。可愛すぎる！」

布地の向こうの胸板の硬さが、絶世の美女に見えるが男性であると語っていた。

「ちょっと、ちょっと。私の娘ちゃんよ！」

いやいや、その話は一旦ストップですわ――!!

個室にいるせいか、王妃様も普段と違って随分とお寛ぎのようだ。

アンドリュー様と大騒ぎしながら、リリアーナ用のドレスのデザインをまとめ始め、その間にリリアーナは他の女性従業員に、全身くまなく採寸されるのであった。

「ごめんなさいね？　楽しすぎてつい夢中になってしまったわ。疲れたでしょう？」

王妃様が申し訳なさそうに聞いてくる。

「いえ、大丈夫ですわ」

正直なところ、精神的にも身体的にも疲れ果てたリリアーナであったが、そこは隠して笑顔で答えた。

採寸も含めて、滞在時間は三時間程。

もう外は朱に染まっている。

「よかったわ！　実はもう一件行きたいところがあるのよ」

「もう一件、ですか？　あの、王妃様……」

「ソ・フィ・ア」

「ソフィア様」

王妃様はニッコリと笑って「少しだけよ、ね？」と小首を傾げる。

本当に、あんな大きな子どもが三人もいるように見えないですわね。

リリアーナは気付かれないようにそっと溜息を一つついて、

「畏まりました」

王妃様の後をついていくのだった。


「ここよ」

王妃様が立ち止まったのは、先程のアンドリュー様のお店から十軒程離れたお洒落なカフェ。

けれども中には誰も客がおらず、扉には『本日貸し切り』の文字が見える。

「ソフィア様？　残念ですが貸し切りと書いてありますわ」

「ええ、貸し切りよ」

そう言った瞬間に扉が開き、

「いらっしゃいませ。お待ちしておりました」

と男性従業員が深々と頭を下げた。

「少し遅れてしまったわ。案内をお願いね」

「畏まりました。こちらでございます」

従業員についていくソフィア様を追いかけて、リリアーナもそれに続く。

カフェで一番見晴らしが良いという個室へと通され、席に座る。

一面大きなガラス窓の外には、樹齢数百年といわれる色鮮やかな紫色をした藤の樹が、とても美しい藤棚としてその存在感を主張している。

あまりの美しさに言葉が出ないリリアーナに、ソフィア様は優しい笑みを浮かべた。

「この藤棚はね、今が見頃なの。あと一時間程貸し切ってあるから、リリちゃんの好きなもの、何でも頼んで頂戴ね？」

「いつの間に……」

「うふふ。お出掛けを思い立った時にね」

今日のお出掛けは、実はかなり前から計画を立てていたそうである。

自分のことを思って色々と良くしてくれるソフィア様に、リリアーナは心が温かくなった。

その一方で、実は婚約解消を企んでいるのだがと、申し訳ないような複雑な気持ちにもなる。

「リリちゃん、早く頼まないと時間がなくなってしまうわよ？」

ニコニコとリリアーナの前にデザートのメニューを差し出す王妃様。

気持ちを切り替えてメニューに視線を落とすと、何やら美味しそうなデザートの名前がズラリと並んでいる。

どれも美味しそうではあるが、これから王宮での美味しい夕食が待っているのだ。

しかも先程のお店でかなりの量のお菓子を頂いてしまった。

もっと早くにカフェに行くことを教えてもらっていれば、お店で頂くお菓子の量を減らしたのに……などと思ったところで胃の中のお菓子は消えない。

じっくりと考えて、リリアーナはスフレチーズケーキを選んだ。

「リリちゃん、もっと頼んでもいいのよ？」

「いえ、これ以上は夕食が食べられなくなってしまいますから」

その言葉にとても残念そうな顔をされるソフィア様。

なぜそんな残念そうな顔をされるのですか？

……ハッ。もしかして、ウィリアム殿下から羞恥プレイや「あ～ん」をされたことなどを聞いてらっしゃるとか？

だとしたらウィリアム殿下のこと、絶対に許しませんわよ！

「ソフィア様、先程のアンドリュー様ですが、どのようなお方なのですか？」

いきなりどんな関係ですかとも聞けず、中途半端な聞き方になってしまった。

「アンのこと？　アンは学園の同級生でしたの」

ソフィア様と同級生、ということは四十歳越え……見えないですわ！

ソフィア様といい、お二人とも『年齢』という概念をどこかに落としてこられたのでは？

「あの頃からアンはアンだったわね。才能のかたまり。偶々アンが書いていたドレスのデザインを私が見てしまって。あの時から私のドレスは全てアンのデザインなのよ」

懐かしい時を思い出しているのか、とても柔らかい笑顔を浮かべていらっしゃる。

「アンのデザインでいつか義娘とお揃いのドレスを着てパーティーに出られたら、こんなに嬉しいことはないわ」

ソフィア様はリリアーナをジッと見つめる。

リリアーナは居心地の悪さを誤魔化すように、チーズケーキを頬張った。

「ところで、ウィリアムとはどうなの？　先日一緒にアガベの花を見に行ったのでしょう？」

ウグッ。

リリアーナはチーズケーキを喉に詰まらせそうになるも、何とか飲み込む。

そんなリリアーナを見てソフィア様は「あらあら、大丈夫？」とレースの綺麗なハンカチをそっと渡してくれる。

リリアーナが落ち着いたのを確認し、ソフィア様は優しい笑みを浮かべた。

「あなたのことを、とても楽しそうに話していてね？　あんな風に穏やかに話すウィリアムを見たのは、本当に久しぶりだったの。リリちゃん、ありがとう。あなたがウィリアムの婚約者になってくれて、よかったわ」

そこには王妃としての彼女ではなく、息子を心配する母の顔をしたソフィア様がいた。

ウィリアム殿下がそんな風に私のことを話していたなんて、とリリアーナは意外に思った。

婚約の話はさておき、ウィリアムが良い方向に変わっているならばそれに越したことはないだろう。

自分が良い影響を与える何かをしたとは思えないが、嬉しそうな王妃様の姿に、リリアーナは少しこそばゆい気持ちになったのだった。

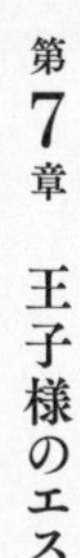

第7章　王子様のエスコート

昔からパーティーというものは苦手だ。

出来る限り参加したくないので、どうしても出なければいけないものだけ参加するようにしていた。

明らかに香水をつけすぎて公害レベルになっている女とダンスを踊るなど、どんな嫌がらせかと思うのだが。

一人と踊ると次々と湧いて出てくる女達と踊らねばならないため、随分前から全て断り続けている。

パーティーなどこの世からなくなってしまえと、本気で思う程に苦手だ。

ところが国王が唐突に言いだした。

「お前もそろそろ次期国王として、上流貴族達との公的な社交の場であるパーティーを主催せねばな」

『次期国王』として、私の立太子する日が近く発表されるということだろう。

王族として上流貴族との繋がりは大切だということは理解している。

それでも、立太子前のこの時期にわざわざ行うということは……。

パーティーを通して部下や使用人達に、上手に采配を振れるかどうかを見極めようとしているのだろう。

一人で出来ることには限りがある。

だからこそ、いかに効率よく采配を振れるかどうかが鍵となるのだ。

ウィリアムは諸々の手配をダニエルと数人の頼れる部下達に任せ、リリアーナのドレスや宝石などの手配は自らが行った。

これだけは、他の誰かに任せることなど考えられなかったのだ。

そしてパーティーまで二週間を切った頃。

「ウィル、リリアーナ嬢とダンスするんだろう？　練習はどうするんだ？　講師の手配でもするか？」

ダニエルに言われるまで、ダンスのことなどすっかり忘れていた。

もう何年もダンスなど踊ってはいない。

王国内で他国から来賓を招くような慶事や懇談は、しばらくの間なかったたし。

他国の慶事に参列していれば、その国の王女達と踊ることもあったであろうが、そういった面倒なことは全てオースティンに任せてきた。

「ウィルが恥をかくのは自業自得だが、リリアーナ嬢まで恥をかくのは、気の毒じゃないか？」

ダニエルのその一言で、ダンスレッスンをすることに決めた。

しかし、講師といえどもリリアーナ以外の女と踊るなど、冗談じゃない。

「じゃあ、練習はどうするんだよ」

「お前が相手をすればいい」

よくよく考えれば今更ダンスのレッスンをしているなどと知られるのは勘弁願いたいし、ダニエルなら他にバレることがなく、女と踊らずにすむではないか。

我ながら名案だと思ったのだが。

「アホかあぁぁぁぁぁぁぁあ！　俺が我慢出来んわ！　何が悲しくて、ムサイ男二人が密着して踊らにゃならんのだ！　しかもソレ、俺が女性パートって決まってんじゃねえか！　ふざけるなあぁぁぁあ！」

かなり抵抗していたダニエルであったが、悲しいことに、最後にいつも折れるのは彼なのである。

その後、リリアーナをリード出来る程には練習を重ね、ダニエルは女性パートを完璧に、踊りこなせるようになったとか。

何ともお気の毒なダニエルである。

パーティー当日。

リリアーナをエスコートするべく、ウィリアムはヴィリアーズ邸を訪れた。

久しぶりに会うリリアーナを想いソワソワしてしまうが次の瞬間、目を奪われる。

彼の元へ、階段をゆっくりと降りてくるリリアーナが身に纏っているのは、ウィリアムが彼女のために選んだドレスである。

淡いブルーのドレスは裾に向かって、彼の瞳と同色であるタンザナイト色のグラデーションになっており、小ぶりの宝石が裾周辺にたっぷりとちりばめられている。

まるで夜空に浮かぶ星のようだ。

可愛らしいリリアーナを少しだけ大人に見せ、想像以上に似合っており、ウィリアムは思わず口角を上げる。

「ウィリアム殿下、このように素晴らしいドレスを賜り、心より感謝申し上げます」

恭しく頭を下げるリリアーナ。

ウィリアムは少しだけ眉間に皺を寄せた。

まだ、警戒されているのだろうか？

このパーティーで少しでもリリアーナとの距離を縮めたいとウィリアムは願う。

そのためにも、まずは呼び方から変えてもらおうか。

「その堅苦しい呼び方はよしてくれ。ウィリアムでよい」

その言葉にリリアーナは少しだけ考えて、

「それではウィリアム様と、呼ばせて頂きます」

と言う。

「今はそれでいい」

とウィリアムは満足そうに一つ頷いた。

本日も王宮のパーティー会場は、高い天井より吊り下げられたシャンデリアが、キラキラと眩しい光を放っている。

ウィリアムとのお見合いパーティーの時程ではないが、髪やメイクの盛られた令嬢達や子息達が空間を華やかに彩っている。

婚約後、初めて公の場に二人で参加するということもあり、ウィリアムとリリアーナはかなりの注目を浴びていた。

そんな中で、これまで頑なにダンスを断り続けていたウィリアムが、リリアーナを伴ってホールの中央へと歩き出したのだから、パーティー参加者達の視線は自然と二人に集まるというもの。

二人が向かい合う場面を目の当たりにしても『まさかあのウィリアム殿下が』という驚きに目を見開く者が多く、感情を表に出さぬよう教育を受けてきたはずの貴族であっても、それは隠せぬ程の衝撃だったのであろう。

やがて手を取り合い、踊りだす二人。

笑わないはずの『氷の王子様』が、リリアーナへ優しい笑みを浮かべながらダンスを披露しているのだ。

不敬ながらも、頑なにダンスを拒んでいたウィリアムのことを、実はダンスが壊滅的に下手なのではないか、などと陰で揶揄する者達もいたのだが。
ダンスホールの中央で優雅に踊るウィリアムとリリアーナの姿に、その噂が真実でないことが証明されたのである。

もともと誰よりも整った顔立ちをしているウィリアム。

常に引き結ばれた唇に冷たい印象を受けていたが、口角を上げ優しい笑みを浮かべる彼の破壊力は凄まじい。

語彙力のない者には表現しきれぬ程のものであり、あちらこちらでその麗しき美貌にあてられた令嬢が倒れている。
周りがそんなことになっているとはつゆ知らず、ウィリアムはダニエルとの特訓の成果に満足していた。

ふと、リリアーナが先程からチラチラと窺うような視線を向けてくることに気が付く。

「リリアーナ？　どうかしたのか？」

すると、彼女は意を決したように切り出した。

「ウィリアム様？　あの、お願いがあるのですが」

身長差があるため見上げて踊りながら、他の者に聞かれぬよう、恥ずかしそうに囁く。

「ブッフェのお料理とデザートを取り置きしておいて頂くのは、ダメですか？　いえ、あの、少量でいいのですが……」

リリアーナの安定の食欲に、ウィリアムは思わず笑みを零す。

「ダニーに別室に準備させる。パーティーが終わったら、一緒に食べよう」

そう言うと、嬉しそうに笑うリリアーナ。

本当に、私の婚約者は小動物のように可愛らしい。

結局リリアーナとは二曲続けて踊ったのだが、ダンスを苦痛だと思わずにいられたのは初めてのことだった。

その後、疲れただろうからと少し休憩するつもりでリリアーナの手を取り、ホールの端に向かったのだが。

どこから集まったのか、リリアーナを押しのけるように香水の臭いをプンプンさせた令嬢達が、ワラワラと押し寄せてきた。

どうやら先程ウィリアムの麗しき美貌にあてられて倒れた令嬢達が、早々に復活したらしい。

バランスを崩して倒れそうになったリリアーナを抱きとめる。

「リリアーナ、大丈夫か？」

心配そうな瞳で腕の中のリリアーナを覗き込む。

「大丈夫ですわ。ウィリアム様のお陰です。ありがとうございます」

笑顔のリリアーナにホッと一息ついて、

「それは良かった」

と笑顔で彼女の頭を一撫でする。

しかしウィリアムは身勝手な令嬢達に心底怒っていた。

いつものように顔を無表情に戻すと、辺りの令嬢達に鋭い視線を投げる。

「私はリリアーナ以外の者とは踊るつもりはない」

思った以上に威圧感のある低い声が出ていた。

『氷の王子様』の氷は溶けたのだから、ダンスにお誘いしてもきっと踊って頂けるに違いない。

あわよくば、小柄で地味な彼女から、婚約者の座を奪えるのではないかと令嬢達は勘違いしていた。

けれど、彼が婚約者に向ける顔や声音と、他の令嬢達に向ける冷たい視線や冷たい声音のギャップに気付く。

そして、期待が叶うことはないのだと、まざまざと見せつけられた令嬢達は、気まずそうにその場から一人、また一人と去っていった。

彼女はただ適当に選ばれた婚約者ではなかったのか？　と、令嬢達はウィリアムの態度を見て動揺していた。

「あの、ウィリアム様？」

「何だ？　喉が渇いたのか？」

使用人から飲みものを受け取り、優しげな表情に戻ったウィリアムがリリアーナに差し出す。

「あ、頂きます」

丁度喉が渇いていたのでありがたい、などと思いながらもハッとする。

違う、そうじゃありませんの！

ここでウィリアム様がどなたか他の令嬢を見初めてくだされば、穏便に婚約解消が出来るじゃありませんか。

　リリアーナは本来の目的を思い出した。

「ウィリアム様、私は少しこちらで休んでおりますので、どなたか他のご令嬢と踊られては……？」

　何でしょう？　途中からウィリアム様の眉間に皺が寄り始めたような……？

「リリアーナ、君は先程の私の話を聞いていなかったのかい？」

「ちゃんと聞いておりましたわ」

「そうか、では私が何と言っていたのか、言ってごらん？」

「大丈夫か、と」

「その後は？」

「ええと、私以外の者とは踊るつもりが、な、い……？」

　リリアーナが小首を傾げてそう言えば、ウィリアムは何やら黒い笑みを浮かべて、

「よく覚えているじゃないか。なぜそれで私に他の令嬢と踊るように勧めるのだ？　ん？」

と、リリアーナの両頬を引っ張る。

「い、いひゃいでふわ！　何をなはいまふの！」

　痛みに涙目になるリリアーナ。

　ウィリアムは頬から手を離すと、顔をズイと近付けてきた。

「リリアーナ？　まさか君は、この期に及んで、まだ私との婚約をなかったことにしよう

などと思っているのではないだろうね？」

「そそそんな、滅相もない！」

図星を突かれ、リリアーナは動揺した。

思いっきり思っていますが、などとは口が裂けても言えない。

婚約を穏便に（？）解消するためには、ウィリアム殿下側から解消を言って頂かなければならないのだ。

でなければ莫大な慰謝料やら、ヘタをすれば爵位の格下げなんてことにもなりかねないのである。

そうなればリリアーナ個人だけの問題ではなくなってしまう。

リリアーナは両手を頬に当ててさすりながら、激しく視線を泳がせる。

ウィリアムがフウと小さく息を吐きながら、リリアーナの頭を撫で、何かを言おうと口を開きかけたその時。

「ウィリアム殿下」

嬉しそうに声を掛けてきたのは、ドリルのように縦ロールした髪の、ド派手な令嬢であった。

この方、どこかで……とは思うものの、思い出せない。

「ノクリス侯爵家長女、イザベラでございます」

流石は侯爵令嬢だけあって、流れるような美しいカーテシーをする。

「私とどうか一曲踊って頂けませんでしょうか？」

先程の令嬢達とのやり取りを見ていなかったのか。

それとも自分だけは大丈夫とでも思ったのか。

まるで断られることなどあり得ないとばかりに、満面の笑みを浮かべている。

ウィリアムの隣にいるリリアーナの存在など完全に無視して、何ならウィリアム以外をその瞳に映さないとでも言うような態度だ。

（これですわ！　この方とうまくいけば、婚約解消に……）

そう思いながらも、リリアーナは胸の奥で何かがチクリと刺すような痛みを感じた気がした。

けれど、気が付かないことにする。

笑顔のイザベラとは反対に、リリアーナとの会話を中断させられたウィリアムは、すこぶる機嫌がよろしくない。

「悪いが、私はリリアーナ以外の者とは踊るつもりはない」

冷たい眼差しを向けてイザベラ嬢へそう告げると、リリアーナの肩を抱くようにしてその場を離れようとした。

「なぜです？　私の方が彼女より美しく、そして身分も上ではありませんか！」

と溜息を零した。

声を荒らげて、イザベラはリリアーナを睨み付ける。リリアーナは面倒な展開になった

そんなことを言っては次期王太子妃の座を譲るどころではなく、ウィリアムの好感度を下げてしまうというのに。

イザベラを盾に婚約解消するのは無理だろうと、リリアーナは残念に思うと同時に、なぜかホッとした。

婚約解消を望んでいるはずなのに、なぜ自分はホッとしているのか?

リリアーナが悶々としていると、ドリル頭の令嬢は尚も言い募った。

「ウィリアム殿下の横に相応しいのは私よ。さっさとそこをお退きなさい!」

そしてイザベラは叫びながらリリアーナに向かって手を伸ばしてきた。

思わぬ暴挙にリリアーナが固まっていると、ウィリアムが自らの背に隠すようにしてくれた。

「なぜ、ウィリアム殿下はそんなみすぼらしい子を庇いますの?」

ドリル頭の令嬢は怒りで、今、ここがどこであるかなど、すっかり忘れてしまっているようである。

ウィリアムは先程以上に冷たい眼差しを彼女に向けると、

「リリアーナは私の大切な婚約者だ。彼女を侮辱するということは、延いてはその彼女を

選んだ私をも侮辱しているのだとなぜ気が付かぬのか。この女を連れていけ！」

控えていた騎士達に視線一つで合図を送り、イザベラはウィリアムの名を叫びながらも連行されていった。

そこにドリル頭の令嬢をエスコートしていた、ノクリス侯爵家次期当主が慌てて姿を現した。

今まで何をしていたのか。来るのが遅すぎるであろう。

真っ青な顔をした彼はウィリアムの怒りの形相を見て、更に顔を白くすると、床に頭を擦りつけるように土下座し謝罪した。

「この件はノクリス侯爵家に抗議の書簡を送る。戻ってそう伝えよ」

それを聞いた彼は真っ白い顔を泣きそうに歪めて、立ち上がって頭を下げた後、慌ててホールを出ていった。

自らが主催するパーティーであまり大事にしたくはなかったのだが、このまま何もなかったことにすれば、今後ウィリアムが舐められることになるのだから仕方があるまい。

ウィリアムは舌打ちしたい気持ちを必死で押し殺し、大きく息を吸い込んだ。

「皆騒がせたな。パーティーの続きを楽しんでくれたまえ」

そう言ってリリアーナを伴い、もう一度ダンスホールの中央へと向かう。

歩きながら身をかがめ、リリアーナの耳に口を近付け囁くように、

「リリアーナ、疲れているかもしれないが、もう一度私と踊ってくれ」

と言われては、お断りなど出来るはずもない。まあ、元より断るつもりもなかったのであるが。

先程、リリアーナが侮辱されたことに本気で怒ってくれたウィリアムには、感謝しているのだから。

「喜んで」

新たな曲が流れだすと同時に踊りだす二人。

それにつられるように一組、また一組と踊りだす者達が出てくる。

一曲を踊り終える頃には、騒動を忘れて楽しそうなざわめきが彼方此方で聞こえるようになっており、それを確認してから二人はそっとホールからバルコニーへと抜け出した。

窓一枚隔てただけで、肌を撫でる風が少しだけ冷たい。

中は皆の熱気で少し暑いくらいであったから、今はこれくらいが丁度いい。

バルコニーは窓の幅よりも大きく作られており、壁に隠れる部分にカウチソファーが置かれている。

「疲れたか？」

リリアーナに座るよう促し、その隣にウィリアムが座る。

少し小さめのカウチソファーであったため、ウィリアムとの距離が必然的に近くなる。

「少しだけ。あの、勝手にバルコニーへ出てもよろしかったのですか？」

リリアーナの質問の意図が分からず、ウィリアムは首を傾げる。

「ここは立ち入り禁止の場所ではありませんの？」

「禁止ではないが、誰かにそう言われたのか？」

「ええ、お父様とイアン兄様に。パーティーにエスコートして頂く度に、バルコニーには絶対に出てはいけないと言われておりました。……あの、もしかして違いましたか？」

このカウチソファーが置いてある場所は、ホールの中からは壁に阻まれて見えない位置である。

王宮だけでなく、他貴族の屋敷もどこも似たような作りをしていて、バルコニーに連れ込んで良からぬことを考える子息もいないわけではない。

イアンやオリバーはそんな輩からリリアーナを守るためにそう言っていたのだろう。

「いや、正確に言えば、ご家族や私が一緒であれば大丈夫だが、女性だけや他の輩と出るのは禁止だな」

「つまり、身内と一緒ならばよいということだな」

「まあ、そういうことですわね」

「分かりましたわ」

一度そこで会話が途切れた。

中からは微かに楽団が奏でる音楽が流れてくる。

そちらに耳を澄ましていれば「リリアーナ」と名前を呼ばれた。

「無理矢理だったのは理解している。だが、私はリリアーナ以外の者と婚約するなどあり得ない。だから、諦めろ」

ウィリアムはキッパリと言い切った。

リリアーナは何と返事を返せばよいか分からず俯く。

ウィリアム殿下がなぜそんなにも頑なに婚約解消を拒むのか。

お見合いパーティーでは適当に選んだはずで、その後も二人の絆を深めるような何かがあったわけでもない。

恋心というよりも、珍しいものを面白がっているだけのように思う。

二度三度となると別だが、王族の婚約解消は珍しいことではなく王子の名に傷がつくとも思えない。

それならば、婚約解消しても問題ないはずなのに……リリアーナにはウィリアムの考えていることが分からず、先程の騒動での彼の言葉を素直に受け取ることが出来なかった。

少しだけ休んだ後、ウィリアムと共に挨拶回りをする。

ダンスよりも何よりも、これが一番大変なのだ。

「殿下、この度はおめでとうございます」

笑顔でそう述べたのは、ザヴァンニ王国の現宰相であり国王の最も信頼している側近のエール侯爵である。

横にはとても品の良い女性を伴っており、彼女がマナーには特に厳しいと言われているエール侯爵夫人である。

エール侯爵のトレードマークは、顎にたっぷりと蓄えられた真っ白な鬚だ。

彼は自分の息子同様にウィリアムを時には厳しく、時には優しく見守ってくれていた人物であり、ウィリアムも絶大な信頼を寄せているのである。

「ありがとう。彼女が私の婚約者のリリアーナだ。よろしく頼む」

紹介されたリリアーナは優雅にカーテシーを行う。

どうやら所作はエール侯爵と夫人から気に入られたようだ。

「そういえばジョルズがもうすぐ父親になるとか」

ジョルズとは、エール侯爵の次男で、昨年伯爵家に婿養子となったのだ。

「よくご存じで。私達ももうすぐ『お爺ちゃんとお婆ちゃん』ですよ」

エール侯爵が笑いながらそう言えば、

「やめてくださいな、お婆ちゃんだなんて年寄りくさい言い方」

夫人は少し拗ねた言い方がとても可愛らしい。

とても素敵なこのご夫婦に、リリアーナは心の中が温かくなるのを感じた。

その後二言三言交わして、次の貴族へと挨拶を交わしていく。


何百人といる貴族一人一人の顔と爵位を記憶の中から引っ張り出しながら、領地の話やら家族の慶事に祝いの言葉を添えていく。

意外にもリリアーナの記憶力は優秀だった。

パーティーにあまり顔を出さないような者達まで覚えており、さりげなくフォローを入れ、何とかここまで乗り切った。

とはいえ、リリアーナが覚えたのは現当主と夫人までで、その子どもや孫に至ってはまだ手もつけていないのでこれからなのであるが。

リリアーナなら今後も立派な王太子妃として、公私ともにフォローしてくれるだろうと、ウィリアムは頼もしく思った。

中にはまだ諦めていないのか、さりげなく自分の娘を正妃が無理でも側妃にと薦めてくるような馬鹿もいた。

まだ婚約中なのに側妃をとは随分と舐められたものである。

たいていはウィリアムが黙って睨んでやると、娘の方が泣きそうになって、何かしら理由をつけて逃げていった。

ウィリアムの気分を害したことに気付き、慌ててリリアーナを褒めるような素振りもまた、彼の苛立ちに拍車を掛けるだけだというのに。

反対に、必要以上にリリアーナを持ち上げてくる輩もいた。

そういった者も信用は出来ない。

短い時間に数々の貴族達と言葉を交わしながら、ウィリアムの頭の中には『信用に値する者』『信用出来ない者』『まだどちらとも言えない者』のリストが出来上がっていく。

今のところ『信用出来ない者』と『まだどちらとも言えない者』が多いのだが。

これは裏を返せばウィリアム自身がまだ、彼らの信用を得られていないことを表している。

これから自分の味方である『信用に値する者』を増やしていかねばならない。

大体の挨拶回りが終わり、忙しくホール内を動き回る使用人に飲み物を頼む。

リリアーナとグラスをカチンと合わせてから「お疲れ様」と喉を潤した。

一人一人とは大した話もしていないのだが、数が数だけに喉がカラカラになっている。

リリアーナも喉が渇いていたのであろう。

美味しそうに飲み、あっという間にグラスは空になった。

「おかわりはいるか？」と聞けば、せっかく料理の取り置きをしてもらっているのに、飲み物でお腹いっぱいにしては勿体ないと言う。

……今までは小動物のように可愛らしく、守りたい存在だと思っていただけだった。

だが、本日のパーティーで、リリアーナが守られているだけでなく、信頼出来る頼もしい存在であることを知った。

ダンスも挨拶回りも、細やかな気配りに至るまで、全て彼女がこれまで令嬢として努力してきた結果だろう。

そのひたむきな姿勢に好感を覚えると同時に、彼女がまだ婚約について納得していない様子を思い出し、ウィリアムは胸が苦しくなった。

パーティーはスタートの時刻は決まっているが、終わりの時間は特に決まっているわけではない。

年嵩の者や体調の優れない者、あるいは社交の場があまり得意ではない者などは、一定の時間を過ごした後速やかに帰っていく。

パラパラと人が減っていき、酔ってダラダラと残っている者が大半になれば、使用人にブッフェや飲み物を下げさせ、お帰り頂くように誘導する。

ウィリアム主催の初めてのパーティーは無事に終わり、貴族達の評価も概ね良好のようだ。

リリアーナを伴い、料理の取り置きをしてある部屋へと向かう。

思わぬ騒動にかなり疲れはしたが、リリアーナがいてくれたお陰で楽しむことも出来たなと、ウィリアムは思う。

部屋へ到着すると、テーブルの上に所狭しと並べられた数々の料理とデザートを前に、とても嬉しそうな顔をするリリアーナ。

それを見たウィリアムも、ようやく落ち着いて重圧から解放されたことを実感する。

「好きなだけ食べるといい」

「ありがとうございます」

向かい合ってテーブルに着き、どの料理が気に入っただとか、この料理は芸術品のように美しいだとか、他愛もない話をしながら摂る食事は、今までで一番美味しく感じた。

気付けばウィリアムの中で小さかった恋心の灯火は次第に大きくなっており、リリアーナこそが自分にとって、唯一無二の女性だと思うのだった。

第8章　初デートをしました

婚約解消は諦めろと言われたパーティーから一週間程が過ぎたある日のこと。

「次の週末に一緒に出掛けないか？」

ウィリアムから突然デートのお誘いを受けた。

これまでに何度かお誘いを断っているリリアーナだが、これ以上断るのは流石にまずいだろうと思い、受けることにした。

「次の週末ですね。畏まりました」

正直、婚約解消はかなり難しい状態にある。

ウィリアムの承諾がなければ、円滑に解消することなど出来ないのだから。

ウィリアムのことは嫌いではない。

けれど、リリアーナ自身を望まれたわけではなく、あくまで都合が良いから選ばれただけのこと。ならばビジネスライクな関係でいた方がいいだろう。

リリアーナは先日の胸の奥の痛みを忘れるようにして振り切った。

「リリアーナはいつも、どんなところに出掛けているんだ？」

ウィリアムの問いに、ハッと意識を戻す。

「そうですわね、私は小さくて可愛らしい雑貨などが大好きですので、そういったものを扱うお店に行ったりしますわね。それに侍女のモリーとお芝居を観に行ったり、友人とカフェに行ったり。前に一度だけイアン兄様に連れていって頂いた市場も楽しかったですわ」

「そうか。では当日までにどこへ行くか考えておこう」

「ありがとうございます。楽しみにしております」

社交辞令だったのかもしれないが、リリアーナの口から『楽しみ』という言葉を聞けたことにウィリアムは満足そうにした。

ご機嫌にリリアーナの頭を撫でるその行為に、リリアーナは複雑な気持ちになった。

リリアーナは王太子妃教育の授業の合間であり、ウィリアムは執務を抜け出してきていたので、もう少し話したかったがそのまま各々の用事に戻った。

部屋へ戻ったウィリアムは早速ダニエルへ問いかけた。

「リリアーナと出掛けることになった。市場と雑貨店は決まったが、他にどこへ行けば喜んでくれると思うか？」

「は？　いきなり何です？」

「いや、今度の週末にリリアーナと出掛ける約束をして、リリアーナが好きな雑貨店と市場に行くことは決めたんだが。それだけでは時間が余ってしまうだろうから、他にどこか喜んでくれそうなところを知らないか聞いたのだが……」

ダニエルはハァと息を吐く。

「とりあえず、その話は書類の山がなくなってからしましょうか」

近衛騎士と言えど管理職なわけで、毎日大量の書類を決裁しなければならない。毎日毎日、片付けても片付けても新たに出現する書類の山にウンザリだが、処理しなければ更に増え続けてしまうのだから、やるしかない。

ウィリアムはダニエルから先程の問いに対する答えを聞くために、記入するスピードを上げた。そのスピードを見て、出来るなら最初からやればいいのにと、心の中で盛大に溜息をつくダニエル。

そのタイミングで部屋へ入ってきたのは、近衛騎士団一の問題児。別名エロテロリストことケヴィンだ。

鬼気迫る形相で書類にペンを走らせるウィリアムと、呆れたようにウィリアムに視線を向けるダニエルの様子に何かを感じたのか、

「やっぱ何でもねえ」

と言って慌てて踵を返したのだが、少し遅かった。

「ちょっと待て。お前に聞きたいことがある」

書類から顔を上げて、ウィリアムが呼び止める。

「え～っと、何か？」

「今度の週末にリリアーナと出掛けるのだが、どこか喜んでくれそうなところを知らないか？」

「健全なデートで？　それとも不健全なデート？　それによってコースが全然違うんですがね」

悪びれた様子もなく言うケヴィンにダニエルが「健全な方に決まっているだろう！」と牙を剝く。

ケヴィンはハァと大袈裟に溜息をつく振りをした。

「そんなん、話題のカフェで甘いものをつつき合いながら話をするか、芝居でも観に行くか、この時期なら三日月の丘の花畑でも見に行くかってとこじゃないですか？　とりあえず相手にどこに行きたいか聞けばいいんじゃないすか？」

至極面倒くさそうに、けれどもちゃんとした答えをくれるのだから、この男も案外真面目なのかもしれない。

「三日月の丘の花畑か、それは頭になかったな。助かった、ありがとう」

ウィリアムは花を見て微笑むリリアーナを頭に浮かべると、優しげな表情になった。

先日のパーティーで、自らの恋心をハッキリと自覚したウィリアムは『もっと彼女を知りたい。喜ぶ顔が見たい。彼女自身と向き合いたい』と思っていたのだ。

初めてのデートに少し浮かれながら、どうしたらリリアーナに喜んでもらえるか考えつつ、書類の山と格闘するのであった。

リリアーナとのデートを明日に控えたウィリアムは、調理室へ向かっていた。

次期王太子と言われるウィリアム自らが足を運べば、当然そこは大騒ぎとなる。

「何か問題でもありましたでしょうか？」

すぐさま料理長が顔を青くして聞いてきた。

「いや、そういったことではなくてだな。実は頼みたいことがあって来たのだ」

「私どもに、ですか？」

『氷の王子』と無関係に思える場所ゆえに、料理長はどんな頼みごとかと首を傾げた。

すると、ウィリアムが少し顔を赤らめながら話しだす。

「明日リリアーナと出掛けるのに、菓子を持っていきたいのだ。リリアーナの喜びそうなものを幾つか作ってもらえぬだろうか？」

「リリアーナ様の……大丈夫です。腕によりをかけてお作りします。それでは明日の朝食の時にお渡ししましょうか？　それともお部屋までお持ちした方がよろしいですか？」

「そうだな、朝食の時だとホセ達に何か言われそうだからな。部屋まで持ってきてくれると助かる」

「畏まりました。お部屋までお持ち致します」

その言葉にウィリアムは満足そうに頷く。

実は、三日月の丘で一緒にお茶をしたら喜ぶのではないかと思い付いたのだ。

あとは敷物を用意しておくように侍従へと伝えればいい。

リリアーナの喜ぶ顔を想像して、ウィリアムは顔がニヤけた。

「そんなにニヤけて、一体何をしてきたんだ？」

戻ってきたウィリアムの顔を見た途端、ダニエルが呆れたような顔をして聞いてきた。

「明日の準備をな」

「明日の準備……ですか？」

「ああ」

ウィリアムが女性に対して自ら行動を起こして楽しませようとするなんて……と、ダニエルは感心した。

『氷の王子様』と呼ばれたウィリアムがようやく踏み出した一歩に、微笑ましい気持ちになったのだった。

翌日。雲一つない快晴。

まさに初デート日和である。

ウィリアムは髪を黒く染め、白いシャツにトラウザーズ姿で馬車に乗り込み、ご機嫌でヴィリアーズ家へと向かっていた。

丁度その頃、ヴィリアーズ家ではリリアーナの支度が終わったところである。

今日のリリアーナの格好は、薄い青みがかったグリーンのシンプルなワンピースに、髪は緩く編み込んでサイドで一つにまとめられ、ワンピースと同色のリボンを結んでいる。

リリアーナの侍女であるモリー曰く、テーマは『嬉し恥ずかし初デート』とのこと。

そのまんまである。

ウィリアムにとってはデートであるが、リリアーナにはお出掛け程度の認識であり、二人の温度差がかなり残念なところではあるのだが。

程なくして屋敷内がザワザワし始め、リリアーナは慌てるようにして部屋を出ていった。

階段を下りれば目を細めて嬉しそうに微笑むウィリアムがいる。

「おはよう。そのような格好も新鮮で可愛いな」

「ありがとうございます。ウィリアム様は髪を染められましたの？　黒髪も素敵ですわね。本日はよろしくお願い致します」

ザヴァンニ王国では、金髪は王家の色とされている。

「この髪色は目立つからな。お忍び用に染めているんだ」

ウィリアムは楽しそうに「では、行こうか」と、手を差し出してくる。

「はい」

リリアーナが手を重ねれば、ウィリアムはその手をギュッと握り歩き出した。

通常のエスコートであれば、手は重ねるだけである。

やっぱり迷子対策的に子ども扱いされているように思い「手は繋がなくて良いのでは？」と喉まで出掛けたが、ウィリアムが嬉しそうな顔をしているのを見て、その言葉を呑み込んだ。

『子ども扱いされるのは嫌ですけれど……仕方がありませんわ。私達はビジネスライクな関係ですものね。ここは割り切っていきますわ』

馬車に乗ると、ウィリアムは迷わずリリアーナの隣に腰掛ける。

「狭くないですか？」

「大丈夫だ」

繋がれた手もそのままに、街の近くの車寄せまで並んで座っていたのであった。

「人が多いですわね」

週末というのもあるのだろうが、馬車を降りて通りに出ると、気を付けなければ人にぶつかってしまう程に混雑している。

「手を離（はな）さないように」

ウィリアムの言葉に頷きながら、彼（かれ）の手をキュッと握る。

「まずはリリアーナの好きな雑貨店から行こうか」

小さなリリアーナを見下ろすようにしてウィリアムがそう言えば、リリアーナは逆に見上げるようにしてウィリアムの目を見て、嬉しそうに、

「よろしいんですの？」

と瞳（ひとみ）をキラキラさせている。

ウィリアムは自然と口角が上がるのが自分でも分かった。

「では、早速向かうとしよう」

通りを人の波に乗りながら、雑貨店を探す。

しばらく歩いていたが、なかなかいいお店が見つからない。

「どんなものがいいんだ？」

「可愛いものが好きなんですが……その、もし見つからなければ、他の、ウィリアム様の

見たいお店でも……」

リリアーナの眉毛がハの字に下がる。

そんな彼女を見て、繋いでいない方の手で編み込みが崩れないように気を付けながら頭を撫でる。

普通なら買い物に付き合うのが面倒になりそうだが、楽しそうに通りを歩くリリアーナがあまりにも微笑ましく、全く苦にならない。

それにリリアーナの目が向かうのは庶民的な店ばかりで、高級店には興味がないらしい。

そんなリリアーナだからこそ、ウィリアムも素の自分で過ごすことが出来るのだ。

「急いでるわけじゃない。あったらラッキーくらいの気持ちで探せばいい。たまにはそんな風にのんびり歩き回るのもいいんじゃないか？」

微笑みながらそう言ってくれたウィリアムに、リリアーナも笑顔で礼を述べる。

「ありがとうございます」

二人は仲良く手を繋いでリリアーナは学園であった話や兄弟の話をし、ウィリアムはそれを聞きながら時々質問を挟んだ。

そんな二人の姿は仲の良い恋人同士のようである。

気になる雑貨店が見つかり、リリアーナは満面の笑みを浮かべながら、ウィリアムを引っ張るように扉を開けて店内へと入っていく。

ウィリアムは珍しいものでも見るように、店内をキョロキョロと見回している。

「わぁ、可愛い」

リリアーナは陶器で出来た小物入れを両手に取って見ている。

嬉しそうな彼女を見て、喜んでもらえてよかったと思いながらも、ウィリアムは離れた手を少しだけ寂しく感じた。

ウィリアムは髪紐の礼に何か選ぼうと店内を見回すが、小物がありすぎてどれを選んだら良いのかさっぱり分からない。

自力で選ぶことを諦め、ケヴィン方式でリリアーナに選んでもらうことにした。

「リリアーナ、以前もらった髪紐のお礼がしたい。何か欲しいものはないか？」

リリアーナは店内をゆっくりぐるっと見回して、何かを見つけたようにその視線の先に足を進めた。

その後ろをゆっくりとついていくウィリアム。

立ち止まったリリアーナの前には、可愛らしいリボンや髪紐が並べられていた。

「あの、よろしければ私に似合いそうな髪紐を、ウィリアム様が選んで頂けますか？」

恥ずかしそうにそう言うリリアーナは、とても可愛らしい。

「せっかくだ。今日の記念にお揃いのものを選ぶのはだめか？」

「お揃い、ですか？」

小首を傾げて不思議そうな顔をしている。

「嫌かな？」

困ったような顔をするウィリアムに、リリアーナは慌てて答えた。

「いえ、嫌ではありませんの。では、ウィリアム様が選んでくださいませ」

「よかった」

嫌がられているわけではないと、ホッとしたように笑ってウィリアムは真剣に選びだす。

将来国王になると言われているこの見目麗しい人が、自分のために、真剣に髪紐を選ぶ姿をリリアーナは不思議そうにただぼんやりと見つめていた。

「これはどうだろう？」

数分程掛けてウィリアムが選んだ髪紐は、藍色とモスグリーンの二色で編まれたものだった。

あからさますぎたか？　とウィリアムは思いながらも、二人の瞳の色に近い色を使った髪紐をリリアーナに手渡す。

リリアーナはジッと手の中にある髪紐を見てから、顔を上げてウィリアムと視線を合わせ笑顔を見せる。

「私とウィリアム様の瞳の色で撚られた髪紐、ですわね。この髪紐がいいですわ」

　ウィリアムはホッとしたように同じものをもう一本手に取る。

「では、この髪紐にしよう。他に何か欲しいものはないか？」

「欲しいものはたくさんありますが、侍女のモリーからこれ以上小物を増やすのは禁止と言われておりますので、見るだけで我慢致しますわ」

　リリアーナは残念そうにお店の中を見渡して、小さく溜息をつく。

「ならば、私からのプレゼントだと言えばいい。それならば、その侍女も禁止とは言えぬだろう？」

　ウィリアムがわざとおどけたように言う。

「まあ」

　吃驚したような顔をして、リリアーナはクスクスと笑いだす。

「ではウィリアム様、お言葉に甘えて一つ選んでもよろしいですか？」

「一つと言わず、二つでも三つでも」

「うふふ、一つで大丈夫ですわ。その代わり少しお時間をくださいませね？」

　リリアーナは嬉しそうに可愛らしい小物達を手に取り、何にするか選び始め、そんなリリアーナをウィリアムは優しい眼差しで見守った。

「ウィリアム様、ありがとうございます」

嬉しそうに礼を述べるリリアーナ。

彼女が選んだのは、椿(つばき)の木にとまったメジロが描(えが)かれている小物入れだった。

小首を傾げたメジロの絵がとても可愛らしい。

「どういたしまして」

ウィリアムの差し出した手にリリアーナは手を重ね、ウィリアムはその手をキュッと握って次の目的地である市場へと足を進める。

「食べ物を買って、三日月の丘に行って花を見ながら食べよう」

「お花を見ながら……？　それは楽しそうですわね！」

「リリアーナは三日月の丘に行ったことはあるか？」

「いいえ、話に聞いたことはありますが、行ったことはありませんの。とても綺麗(きれい)な花畑があるそうですね。ウィリアム様は行かれたことはございますの？」

「私か？　馬車の中から見たことはあるが、確かに素晴(すば)らしい花畑だったと思う。まあ、あっという間だったからあまりゆっくりとは見られなかったがな」

「では、今日はゆっくりと見られますわね」

楽しそうに話しながら歩いていれば、市場はもうすぐそこである。

「リリアーナは市場に来たことがあると言っていたが……」

「ええ、四～五年程前だったでしょうか。お兄様に一度、無理を言って連れてきてもらいました。ですが人で溢れておりましたので、私は外側から眺めるだけで、食べ物は使用人に買ってきてもらいましたの」

貴族の子女は身代金目的で誘拐されることが多いからだろう。

「では市場の中は初体験というわけだな。まずここから先は一方通行だと思ってほしい。後から戻るのは出来ないことはないが、それをするのは危険だからな。欲しいものがあれば遠慮などしないですぐに言ってくれ」

「分かりましたわ」

頷くリリアーナの手を取って、市場の屋台へと足を向ける。

市場の中は外側から見ている以上に活気づいており、自然とリリアーナの期待も大きく膨らんでいく。

見るもの聞くもの全てが珍しく、リリアーナの視線は右に左にと忙しなく動いている。

屋台に近付くにつれて何やら香ばしい香りがして、思わず「美味しそうな香りがしますわ」と言えば、ウィリアムが説明をしてくれる。

「この匂いはあそこの屋台で焼いている串焼きの匂いだ」

「串焼きとはお肉のことですの？」

「ああ。肉を串に刺してタレにつけて焼いたものだが、結構美味いぞ」

「では、その串焼きを食べてみたいですわ」

「じゃあ、まずはあの屋台に行こう」

「はい！」

足取り軽くあちらこちらの屋台に寄りつつ、少し疑問に思ったことを聞いてみる。

「ウィリアム様は市場へよくいらっしゃるのですか？」

「ん？　まあな。騎士団の奴らとな」

どうやら訓練の合間に来ていたらしい。

ウィリアムは王族だが、騎士団の仲間と貴賤なく仲良くしているし、驚くことに街にまで出ていたらしい。

『氷の王子様』などという噂から、あまり他人と交流を持たず、庶民の生活にも興味がないものだとばかり思っていたが、そんなことはないようである。

リリアーナはウィリアムの新たな一面を知って思いを改めたと同時に、彼に好意を抱いた。

「では、ウィリアム様お薦めのものを教えてくださいませ」

「分かった」

ウィリアムの薦めるものや、リリアーナが匂いにつられたものなどを幾つも購入しているうちに、ようやく屋台の終わりが見えてきた。

「これだけあれば、もう十分だろう」

「ええ、たくさん買ってしまいましたわね。とても楽しかったですわ」

リリアーナは婚約云々のことなど忘れ、今はただ単純にウィリアムとのデートを楽しんでいた。

屋台での買い物を終え、二人は今、再び馬車の中である。

王宮から馬車で一～二時間程行った郊外にある三日月の丘は、色とりどりの花が並んで植えられており、遠目に見れば虹色の絨毯のように見え、近付けば様々な花の香りを楽しむことが出来る。

向日葵で作られた簡単な迷路もあるので、なかなかに楽しめる場所だ。

「ああ、見えてきた。リリアーナ、あれが三日月の丘だ」

ウィリアムが指差す方向を窓から覗けば、遠くに赤・オレンジ・黄色・白・緑・青・紫・ピンクの色が並んでいるのが見える。

「あれが全てお花なんですの？」

「ああ。虹色の丘なんて呼ぶ者もいるそうだ」

「本当に、虹のようですわ。とっても綺麗です。ヴィリアーズ領では田植え直前の水を張った鏡のような田んぼと、田植え後少ししてからの緑の絨毯と、刈り入れ時の稲穂の絨毯で三度楽しめますけれど、それとは違う楽しさがありますわね」

「そういえば、リリアーナの家の領地は米の栽培が盛んだったな」

「ええ。最近は薬草や珍しい果物の栽培にも力を入れておりますわ」

話しながら馬車の速度が落ちてきたことに気付く。

「到着のようですわね」

「そうだな」

馬車が完全に止まり、侍従が扉を開ける。

ウィリアムが先に降り、リリアーナが降りるのに手を貸す。

侍従の後についていけば、到着したそこはとても見晴らしの良い大きな木の下で、侍従がサッと敷物を敷く。

敷物の上に腰を下ろすと、かごに入れられた屋台で購入した食べ物と、侍従が用意してくれた飲み物が並べられる。

穏やかな風が肌を撫でるように吹き渡り、木漏れ日が揺れてとても気持ちの良い空間である。

「景色を見ながら食事をして、食べ終わったら向日葵の迷路に挑戦してみないか？」

「はい。迷路は耳にしたことがありますが、自ら挑戦するのは初めてですの。楽しみですわ！」

買ってきた食べ物は当然のように冷めてしまっていたが、こうして景色を楽しみながら食べていると、とても美味しく感じるから不思議である。

「実はデザートを持ってきているんだが、もうお腹はいっぱいかな？」

かごの中身が綺麗になくなり、満足そうなリリアーナにわざとそう問えば、慌てたように、

「デザートは別腹ですのっ！」

と期待通りの返事があり、ウィリアムは思わず声を立てて笑ってしまう。

「ククク。意地悪を言って悪かった。ほら、料理長がリリアーナの好きそうなデザートを作ってくれたぞ」

市場で買った食べ物が入っていたのとは別のかごに、小さめにカットされたタルトが入っている。

「まあ、美味しそう。料理長にお礼を言わねばなりませんわね」

「次に王宮に来た時にでも直接言ってやってくれたら、きっと喜ぶだろうよ」

リリアーナは満面の笑みを浮かべながら、タルトを頬張った。

「ウィリアム様、あの虹色の絨毯はどんなお花で表現されていると思われますか？」

ウィリアムは顎を右手でさすりながら、

「正直花はあまり詳(くわ)しくないのだが、青はヤグルマギクではないか？　王妃(母)が好きな花の一つなのだが」

と答えた。どうやら彼は考え事をする時には顎をさする癖(くせ)があるようだ。リリアーナは新たな発見をした。

「まあ、そうでしたの。ヤグルマギクは存じ上げませんでしたわ。ソフィア様は他にどんなお花がお好きなのでしょう？」

「薔薇(ばら)や百合(ゆり)のように、小花よりは大輪のものを好むが、ヤグルマギクのように小花でも色が好きなものもあるそうだ」

「そうですか。ではウィリアム様はどんなお花がお好きですの？」

「私か？　……特に何が好きというのはないな。リリアーナはどんな花が好きなのだ？」

「そうですわね。大輪も素敵ですが、私は小花が好きですわ」

「そうか。では小花達をもっと近くで見るとしよう」

ウィリアムは立ち上がるとリリアーナに手を差(さ)し伸(の)べる。

今日だけでも何度も繰(く)り返(かえ)されたこのエスコートに、すっかり慣れてしまったリリアーナは自然と手を重ねて立ち上がり、二人はゆっくりと虹の絨毯へと足を向けるのだった。

「このお花はとても良い香りが致しますわ」

虹色の絨毯のように見えていた花々のところまで歩いてくると、風に乗って甘い香りが漂っている。

どの花も良い香りであったが、リリアーナは中でも白い花の香りが特に気に入った。

「近くの工房では花を使った香水を販売しているところもあるらしいが、行ってみるか？」

「いいえ、大丈夫ですわ」

リリアーナは濃い香りが苦手である。

ほんのり漂うくらいの香りを好み、ポプリやお香の香りをドレスに移していて、香水を使うことはほとんどない。

「赤はポピーで、黄色はマリーゴールドですのね。そうじゃないかと思っておりましたの」

「この青い花がヤグルマギクだ。私の予想も当たったな」

十分に虹色の絨毯の花畑を楽しんでから、その奥にある向日葵の迷路へと向かう。

迷路はウィリアムの背より少し高く、二メートル程の高さがある。

少し離れた場所には子ども用の、大人の腰程の高さにしか成長しない向日葵で作った迷路もあるそうだ。

「あっちがよかったかな？」

クックツと笑いながら言うウィリアムにリリアーナは『やっぱり子ども扱いされてますわ！』と頬を膨らませた。

見上げるようにして睨み付けるリリアーナだが、全く迫力がない。

「悪かった。ほら、行こう」

まだ笑いが収まらないウィリアムの差し出す手に、渋々といった表情でリリアーナは自らの手を重ねる。キュッと握られ、迷路の入口へと足を進めるのだった。

正直あっという間に終わるものだと思っていたのだが、実際に入ってみると向日葵の迷路は意外と複雑に出来ていた。

出口に辿り着けないまま、思った以上に時間が掛かってしまい、ウィリアムは申し訳なく思った。

今日は朝から結構歩き回っている。

騎士である自分は体力が有り余っているが、リリアーナにはキツかったかもしれないと、迷路に入ったことを半分後悔していた。

「疲れていないか？」

「まだ大丈夫ですわ。いざとなれば、この向日葵をかき分けて外に出れば早いですわよ？」

リリアーナはニッコリ笑って冗談なのか本気なのか分からない返事をする。

「いや、まあそうなんだが……」

言いかけて、ウィリアムはリリアーナの歩き方に若干の違和感を覚える。

「リリアーナ？　足をどうかしたのか？」

「い、いいえ、何でもありませんわ」

リリアーナは慌てるように、ついと視線をウィリアムから外す。

「見せてみろ」

言うが早いか、ウィリアムはリリアーナの前で膝をついてしゃがむと、彼女の左足を自らの膝の上に乗せた。

「ウィ、ウィリアム様っ！　なにをっ……」

突然のことに、リリアーナの頭の中はパニックを起こしている。

ウィリアムは靴擦れを起こしているリリアーナの足を目にし、

「なぜ、こんなになるまで言わなかった！　……いや、こうなる前に私が気付かなければならなかったのだ。リリアーナ、すまなかった」

ポケットからハンカチを取り出し、リリアーナの足に巻き付ける。

「ウィリアム様！　いけませんわ！　ハンカチが汚れてしまいます」

「ハンカチの一枚や二枚、気にすることはない。それよりも、痛かっただろう？　……リリアーナとの時間が楽しくて、気遣いが出来なかった。本当にすまない」

ウィリアムはリリアーナの靴を彼女に持たせると、背中と膝裏に手を回し、お姫様抱っこをして迷路を進み始める。

幸いにも他の客に会わず、恥ずかしがるリリアーナを人目に晒すことなく、無事迷路を出て馬車へと戻ることが出来た。

馬車の中でコックリコックリと船を漕ぎだしたリリアーナの頭を自分の方へと引き寄せ、肩を抱くようにして寄り掛からせた。

やはり歩き疲れたのだろう。

迷路では元気に振る舞っていたが、それはきっと私が後悔していることに気付き、彼女なりに気遣ってくれたのだ。

リリアーナの小さな肩に、改めて女性というものはこんなにも華奢で、自分達男と違い、丁寧に扱わねばすぐに壊れてしまいそうだと知った。

とはいえ、リリアーナ以外の女性を丁寧に扱うつもりは毛頭ないのであるが。

リリアーナは背丈こそ小さいものの、その器はとても大きい。

素直に感情を曝け出してくれる一方で、相手を気負わせない気遣いが出来ている。

王子である自分に対しても飾らず、正面からぶつかってきてくれる態度は気持ち良く、リリアーナと一緒にいると本来の自分を取り戻せる気がした。

改めてウィリアムは結婚するならリリアーナがいい、と思ったのだった。

リリアーナの静かな寝息を耳に、あどけない寝顔を見つめ続ける。二人を乗せて、馬車はやがてヴィリアーズ邸へと到着した。

　リリアーナを無事家まで送り届け、王宮に向かう馬車の中で、リリアーナの重みのなくなった肩に寂しさを感じるウィリアム。

　あれほど女性に対して悪態をついていたのに、離れて寂しいという感情を持つなど、以前の自分では考えられなかった。

　今日一日を思い出しながら、ウィリアムは口角が上がるのを止められないでいた。

　リリアーナに初めてもらった髪紐は、机の引き出しの中に大切に保管した。

　翌日、ウィリアムの髪紐がいつものものと違うことに気付いたのは、ホセ殿下だけであった。

第9章　王子様と二度目のダンス

「先日のパーティーではご苦労であったな。若干問題もあったらしいが……評判は概ね良好だ。さて、お前もやっと婚約者を得たわけだが。これまでのようにパーティーにただ参加していればいいだろうなどという考えは通用せんぞ」

廊下で出会い頭に国王から突然言われ、若干不機嫌なウィリアム。

だが言いたいことは分かるし、これまでのことは言い訳のしようがないので、大人しく肯定しておく。

「……分かっております」

「そうか。分かっておるならよい。次は他国の外交にも出てもらいたい。……だが、いきなり大きなパーティーに出るのも大変だろう？」

「ええ、まあ」

「うむ。そう言うと思って、週末のデューク伯爵家のパーティーへ、出席の返事をしておいたぞ」

……は？　何を勝手なことを！

国王はウィリアムの返事を待つことなく、満足げに顎の鬚を撫でながら、自らの執務室へと入っていった。

「いきなりですまない。週末のパーティーに一緒に行ってもらえぬだろうか？」

王太子妃教育のために登城したところ、使用人にウィリアムの執務室へと案内され、そこで彼から突然のお願いをされた。

先日のデートからすぐの誘いに、リリアーナは少し驚く。

今までは互いに多忙であったため、ほとんど会っていなかったのだが、前回のパーティー後から状況が変わりつつあった。

デートに誘われたり、会えない日は伯爵家にお菓子が贈られてきたり。

それに、以前よりやけにウィリアムとの距離が近い気がするのだ。

急な頼みではあったが、特に予定があるわけではなかったので、参加すること自体は可能である。ただ一つ問題が――。

「週末は特に予定もありませんからご一緒できますが、ドレスの用意が……」

そう、ドレスである。

家格が上がれば上がる程、パーティーに同じドレスで出ることは恥ずかしいとされる。貴族というものは、俗に言う見栄っ張りなのである。

ドレスをリフォームして着回すという家もあるが、どこにでも目敏い者はいて、あれはいつどこのパーティーに着ていたドレスだと、あっという間に広まるのだ。

ましてやそれが王子様の婚約者ともなれば、考えるだけで恐ろしい。

リリアーナ自身は特段新しいドレスが欲しいわけではなく、社交界の噂など気にもしていないのだが、ウィリアムに迷惑を掛けることだけはしたくなかった。

「ドレスか……あの時まとめて何着か作っておくべきだったな」

少し前のウィリアム主催のパーティーの時に、彼から贈られたドレスのことを言っているのだろう。

困ったように二人顔を見合わせていると、

「あら、ドレスならこの前お出掛けした時に作らせているものがあるわよ？」

ソフィア様がなぜか都合良く（？）執務室に入ってきた。

「母上、それは本当ですか？」

「ええ。そろそろ出来上がると連絡を受けたところですわ」

「助かった。母上、恩に着る」

ウィリアムが肩の力を抜いたところで、

「貸し一つですわよ」

ソフィア様が不敵な笑みを浮かべてそう言った。

「この貸しは、今後リリちゃんのドレスは全て、アンのお店で作ることで帳消しにしてあげましょう」

それって、全てソフィア様がチェックするという意味ですね？

私としましては、シンプルで動きやすいものであれば、特に希望もありませんので何でも良いのですが。

「いや、それだと母上好みのドレスばかりになってしまうではないですか」

「……多少の希望くらいなら、ウィリアムにも聞いてやってもよろしくてよ？」

ドレスのことを、着る本人そっちのけで言い合う親子に、リリアーナは密かに溜息をついた。

とりあえず、もう王太子妃教育の授業に行ってもよろしいですわよね？

リリアーナは激しく言い合う親子の横をそっと抜けて執務室を後にした。

「お嬢様、素晴らしいドレスですわ！」

アンドリュー様のお店より届けられたドレスを見て、本人以上に侍女のモリーが大騒ぎしている。

「流石は王都で一番人気のデザイナーですわね。この前のウィリアム殿下から頂いたドレスも素敵でしたが、これはもう比べものにならないレベルの素晴らしさです！」

それはもう、ベタ褒めである。

「明後日にはお嬢様がこのドレスを身に纏って……いやん、腕が鳴りますわぁ」

「モリー、あなたとっても楽しそうね」

「ええ！　ドレスと一緒に届けられた宝石もとても上品で、けれどもドレスに負けない存在感を放っていて。今このドレスと宝石に合わせるヘアメイクと髪飾りをどうしようか、すっごく迷ってます」

迷っているという割には、顔には満面の笑みが浮かんでいる。

「そう、楽しそうで何よりね」

少しばかり引き気味ではあるが、リリアーナはモリーのセンスに絶大な信用を寄せているので、きっと素敵な組み合わせにしてくれるだろうと、全く心配などしていなかった。

パーティー当日の朝。

いつぞやの時と同じように、朝から準備に大忙しである。

お風呂で全身磨き上げられた後のマッサージ、そしてネイル。

……ここまでは良いのだ。その後が問題なのである。

地獄のコルセット。

これは両側から二人掛かりで少しずつ時間を掛けて締め付けるもので、口から内臓がはみ出してしまうのではないかという程である。

それが終わればヘアとメイクだが、出来るだけ瞬きや身じろぎをしないようにジッとしているのも辛いものがある。

最後に胸の下で切り替えられ、濃紺のサテン生地に白いレースを重ねたドレスを着用して、ネックレスやイヤリング、そして髪飾りをつけてようやく完成なのだ。

ただこれは、エピローグではなくプロローグ。序章の段階であり、パーティーはまだ始まっていない。

(……やはり王太子妃の立場というものは厄介なものですわね)

それでも婚約解消の可能性は、いまやほぼゼロに近いのだから仕方がない。

王太子妃になれば毎日王宮の美味しい料理が食べられる上に、自分好みのデザートを作ってもらえるのだから、それを励みに頑張ろうとリリアーナは気合いを入れた。

デューク伯爵家のパーティーは、落ち着いた雰囲気と言えば聞こえはいいが、若干年齢層の高いパーティーであった。

ウィリアム達の一つ上の世代、リリアーナの父であるオリバーと同世代の者達がほとんどである。

そのため参加者は皆、現当主とそのご夫人ばかり。

ウィリアムが社交界で自分の味方を増やしていくための場として考えたならば、とても効率の良いパーティーといえた。

若者が多いパーティーはお見合い的な意味合いが多いので、年代の高いパーティーであればゆっくりと実のある話が出来るであろう。

会場にはゆったりした曲が流れている。これは客層に合わせているのかもしれない。

ウィリアムはリリアーナを連れてホールの中央まで進み、踊りだす。

ダンスは貴族の嗜みといわれ、美しく踊る者の評価はグッと上がる。

だからこそ、貴族の子女は小さな頃からダンスのレッスンを受けているのである。

とはいえ、ウィリアムはべつに評価を求めてダンスに誘ったわけではなく、ただリリアーナと踊りたかっただけであるが。

「悔しいが、母上の見立ては間違いがないな」

「いきなりどうされましたの？」

「いや、そのドレス。とてもリリアーナに似合っていると思ってな」

いきなり真顔でそんなことを言われてリリアーナは戸惑った。

ダンスを踊りながらも真剣な瞳で見つめられると、何となく恥ずかしくなって、つい瞳をそらしてしまう。

瞳をそらされたことに一瞬傷ついた表情を見せたウィリアムだったが、リリアーナの若干赤く色づいた耳に照れているのだと気付き、ホッと一息つく。

二曲踊り終えた二人がホールの中央から移動すると、ウィリアムは男性陣、リリアーナはご夫人方に囲まれてしまった。

「素晴らしいダンスでしたわ」

「お若いのに素晴らしいですわ」

意外にも賞賛の声が上がり、あらゆるご夫人方から茶会のお誘いやパーティーのご招待などを受ける。

ウィリアムはウィリアムで、男性陣達からやれ主導権がどうだとか、よく分からないが、何やら色々と教わっているようだ。

「あちらはあちらで楽しんでいるようですもの。こちらもこちらで楽しみましょう」

ご夫人方にそう誘われ、端に用意されたテーブル席へと移動して、パーティーから急遽夜のお茶会になってしまったのだけれど。

使用人が用意してくれたカモミールティーを頂く。

時間も時間なので、ノンカフェインのものをチョイスしてくれたのだろう。

コルセットがキツくて、テーブルに並べられたお菓子には手を伸ばすことが出来ず、リリアーナは消沈した。

「お若いのに所作が綺麗ねぇ」

「本当に。ウィリアム殿下とお似合いですわ。殿下とはいつもどんなお話を？」

ご夫人方がリリアーナを取り囲み、代わる代わる話しかけ始めた。

『氷の王子様』などと呼ばれていたウィリアム殿下が婚約したという話は、社交界にあっという間に広まった。

更には氷の王子様が婚約者を溺愛しているという噂も広まっている。

ウィリアム殿下主催のパーティーでちょっとした騒動があったことは皆周知のことだが、広いホールにあれだけの人数がいれば、実際にその場を目撃出来たのは極一部の貴族のみ。

溺愛されている婚約者の方にも興味があるし、どうやって氷を溶かしたのか気になっているのだ。

「ウィリアム殿下から溺愛されておられるのでしょう？　羨ましいですわぁ」

「話には聞いておりましたが、先程のお二人を拝見して、本当に驚きましたのよ！　あの『氷の王子様』があんな風に微笑んでおられるなんて。愛されておりますわねぇ」

ご夫人方から『溺愛』や『愛されている』などの恥ずかしいキーワードが次々と飛び出

し、あまりの恥ずかしさに顔を真っ赤に染め、リリアーナは小さな体を更に小さくして俯く。

そんなリリアーナの初々しい姿に、ご夫人方は揃って目尻を下げて、微笑ましい視線を向けるのだった。

リリアーナは羞恥に俯き、

(何をどうしたらそんな溺愛とか、あ、愛されてるなんて話になりますの!? 私とウィリアム殿下はただのパートナーですのに)

と心の中で叫びながら、しばらく顔を上げることが出来なかった。

日を跨いで少し経った頃、ようやくウィリアムとリリアーナは解放された。

リリアーナを屋敷まで送り、王宮への帰路を進む馬車の中で、ウィリアムはリリアーナがご夫人方に言っていた「ウィリアム殿下は、良きパートナーですから」という言葉の意味を考えていた。

ウィリアムが男性陣からようやく解放され、リリアーナのところへ向かった時、彼女に声を掛けようとしたタイミングでその台詞を耳にしたのだ。

彼女は『婚約者』ではなく『パートナー』という言葉を使った。

それは、リリアーナがまだ私を婚約者として認めていないということではないか。

初めの頃、リリアーナが婚約に納得していないことは知っていたが、その後は拒絶するでもなく普通に接してくれて、笑顔も見せていたから、この婚約に納得してくれたのだとばかり思っていた。

むしろ自分の想いが少しは伝わっていると思っていたのに——。

初めこそ自分の都合でリリアーナを婚約者に選んだが、すぐにその考えは改めて、今はリリアーナのことしか考えられない。

だが、彼女には全くその想いが伝わっていなかったのだ。

……そういえば、自分はリリアーナにちゃんと言っただろうか。

ふと思い返すと「婚約解消は諦めろ」と言っただけで、肝心なことは何も言っていなかった。

ウィリアムは自分の失態に頭を抱えた。

——リリアーナ、君にとって私との婚約は、今もまだ望ましくないものなのだろうか。

切ない想いを抱えたまま、ウィリアムは窓の外をぼんやりと見ていた。

第10章 リリアーナ、王子様を意識する

「あの、デザートはしばらく控えようと思いますの……」

デューク伯爵家のパーティーから数日経ったある日、国王一家と夕食を共にしていたリリアーナが突然宣言した。

あんなに嬉しそうに食べていたデザートを突然控えると言うのだから、その場の全員が驚いた。

「リリアーナ、どこか具合でも悪いのか？」

「リリちゃん、大丈夫なの？」

「リリアーナ嬢がデザートを食べぬなど、余程のことに違いない。医師を呼べ！」

慌てるウィリアムに国王夫妻。

どんな時でもにこにこ幸せそうな顔をして食べるリリアーナの姿は可愛らしく、国王と王妃にとっても癒やしキャラ的な存在になっていた。

そんな誰よりもデザートをこよなく愛する彼女が、初めて控えると言ったのだ。心配しないわけがない。

リリアーナは慌てて具合が悪いわけではないと否定するのだが、国王と王妃の耳には届かない。

彼らは使用人に急ぎ部屋を用意させ、それと同時にすぐに医師を連れてくるように申しつけた。

ウィリアムは有無を言わさずリリアーナをお姫様抱っこすると、用意された部屋へと急いだ。

素晴らしき連係プレーである。

……ただデザートを控えると言っただけなのに、どうしてこうなった？

リリアーナは皆に心配を掛けて申し訳ないという気持ちと、本気で心配してくれている姿に嬉しく思う気持ちと、あまりの騒ぎっぷりに大袈裟すぎるのではないかという少しの呆れを抱く。

色々な感情が混じり、どうしたら良いのか分からずに困惑していた。

そもそもリリアーナがデザートを控えようとしたのは、その日の朝の出来事が原因だったのだ。

それはいつものように朝食を終えた後。

学園に向かうまでに少し時間に余裕があったので、モリーに最近お気に入りのハーブティーを淹れてもらっていた時のこと。

読みかけの本の続きを読もうとして、リリアーナは手に取った本を誤って落としてしまった。

「いいわ、自分で拾うから」

片手でモリーを制し、本を拾おうと手を伸ばしかけた時だった。

『ブツッ』という音と共に、ちょっとだけ窮屈だった制服が少し緩くなった気がした。

「お嬢様、今の音は……」

「何やら背中からしたような気がしますわね」

モリーは一度ハーブティーを淹れる手を止めて、慌ててリリアーナの背中に回り込み、ジッと見やると一言。

「お嬢様？　背中のボタンはどこに行ってしまわれたのでしょうね……」

「……」

道理で窮屈さがなくなったわけである。

「とにかく今は時間がありません。すぐに制服の替えを準備致しますので、着替えますよ」

言うが早いかクローゼットの中へと飛び込み、替えの制服を手にして出てきたモリーに背中のボタンがなくなった制服をはぎ取られ、あっという間に着替えさせられる。

着替えによって少し乱れた髪を直していると、余裕のあったはずの時間はギリギリになっていた。

　リリアーナはハーブティーを口にすることなく急ぎ馬車へと乗り込んで学園へと向かうのであった。

「姉様？　随分と待たされたけど、何かあったの？」

　既に馬車の中で待っていたエイデンに聞かれ、何事もなかったかのように、

「何でもないわよ？」

と答えたのだが、エイデンには通用するはずもなく。

　黙って見ている弟のジト目に耐えられず、渋々先程起こったことを白状し、学園に到着するまでお腹を抱えて笑われてしまった。

　出がけにモリーに言われた「お嬢様、しばらくはお菓子の過剰摂取禁止ですからね！」という台詞。これと同じ台詞をエイデンにも言われたのだった。

　……というわけで、モリーとエイデンからお菓子の過剰摂取禁止令が出てしまいましたので、デザートを控える宣言をした次第です。

　それがまさか、こんなに大騒ぎになってしまうだなんて。

　どうしたらよいのでしょう？（泣）

「診たところ、どこも悪いところはございません」

キリッとしたお婆さん医師のエマさんが使用人に連れられて、この部屋へ到着したのが二十分程前のこと。

エマ医師は、もう何十年もずっと王宮で働いていらっしゃるそうで、ウィリアム殿下が産まれた時に取り上げたのもこのエマ医師だったとか。

女嫌いなウィリアムもお母様であるソフィア様と、産まれる前から彼を診てきたエマ医師には頭が上がらないのだとか。

だからか、リリアーナの側から離れようとしないウィリアムをエマ医師は一喝したのだ。

他の誰かだったら、そんな事は許されないだろう。

「診察の邪魔だと言うておろうが！　分かったらサッサと出ていかんかい！」

当然何もないと診断されたのだけれど、ウィリアムが「そんなはずはない」と言って聞かないのだ。

ただデザートを控える宣言をしただけなのに、こんなに心配されるだなんて。

本当に、リリアーナはどれだけ食いしん坊だと思われているのだろうか。

もう十分すぎる程に色々な方に心配と迷惑を掛けてしまっている自覚があるため、仕方なく、腹をくくって白状することにした。

「あのですね、デザートを控えると言いましたのはですね、その、少しだけですけれど、ふ、太ってしまって。それで、今朝制服のボタンが、弾け飛んでしまって……。侍女と弟から、お菓子の過剰摂取禁止を言い渡されてしまいましたので、それで……」

最後の方はゴニョゴニョといった感じにしか聞こえない程の声量になってしまったが、それを聞いてウィリアムは安堵の溜息をつく。

「具合が悪いのではないのだな？」

正直「なぜもっと早く言わない」などと怒られると思っていたリリアーナは、彼の言葉に驚きを隠せない。

「あの、怒らないんですか？」

恐る恐る聞けば、

「リリアーナに何もなければそれでいい」

と言ってウィリアムはリリアーナをヒョイと持ち上げ、膝の上に横抱きの状態で乗せる。

きつく、けれども大切に抱き締めながら、小さく一言呟いた。

「よかった……」

「全く、大の大人が大騒ぎして情けないねぇ。けど、大事にしたいと思える子が出来たようでよかったよ。……何かあればまた呼びに来なさい」

エマ医師は呆れながらそう言って、後ろ手に手を振りながら部屋を出ていった。

ダンス以外で異性にこれ程までに密着するのは初めてだ。

少々恥ずかしい気持ちはあれど、先程の「リリアーナに何もなければそれでいい」と言われた台詞がとても嬉しく感じる。

不思議と抱き締められていることが、決して嫌ではないのだ。

むしろ、安心感を覚えることにリリアーナは戸惑った。

考えてみれば、餌付けのようなことをされた時も、膝の上に乗せられて髪を結んだ時でさえも。とても恥ずかしくはあったけれど、嫌だと感じたことはなかった。

「もう少しだけ、こうしていてもいいか？」

ウィリアムが抱き締める腕を少しだけ緩め、リリアーナの顔を覗き込むようにし、不安げな顔で聞いてくる。

きっと断られることを覚悟しているのかもしれない。

嫌だと一言口にすれば、きっと今のウィリアムならば放してくれるだろう。

けれど、リリアーナはなぜか嫌だとは言いたくなかった。

でも「いいです」と口にするのもとても恥ずかしい。

迷いながらも小さく頷くことで、了承の意を伝えた。

近くにある彼の顔をチラリと見れば、とても嬉しそうな笑顔を浮かべている。

そして大切なものを扱うようにまた、ギュッと抱き締められるのだった。

初めて彼と会った時は、とても綺麗な顔立ちをした、とんでもなく失礼な王子様としか思わなかった。当初は彼との婚約をどうにか回避するために、必死になっていた。

笑わないと言われるこの王子様は、リリアーナの前では不思議とよく笑っているように思う。

それが特別だと言われているみたいで、何とも擽ったい気持ちにさせられるのだが、『彼にとって都合がいい』だけの存在なのだということが頭を掠めていく。

急に近くなった距離感に戸惑い、つい警戒して距離を置いてみたりもしたのだけれど。

たとえ仮初だとしてもウィリアムがとても大切に扱ってくれることに気付いているし、とても甘やかされているとも思っている。

自分以外の女性には相変わらず冷たく対応しているところを見て、ホッとしている自分も大概だなと。

「好き」とか「愛している」とか、そういう恋愛的な気持ちは正直まだよく分からない。

けれども、今のリリアーナは少なくとも彼を嫌っていない。

近くなった距離に恥ずかしいとは思っても、嫌だとは思わない。

むしろあのお見合いパーティーで、彼が自分以外の誰かを選ばなくてよかったと、今ではそう思う程になっている。

いつからこんな気持ちが芽生えていたのだろう？

もしかしたら、ずっと前からそう思っていたのかもしれない。

けれど、ウィリアムへの想いを自覚すると同時に、リリアーナは胸が苦しくなった。

――彼にこれ以上のことを期待してはいけない、と。

ウィリアムはあくまで『都合がいい』私との婚約関係を続けようと努力しているだけで、そこに恋愛感情はないのだ。

もしかしたら……などと期待すれば、傷つくことになる。

これまで通り、良きパートナーとして付き合うのが一番いいのだ。

リリアーナはこれ以上自分の想いが膨らまぬよう、必死で気持ちに蓋をした。

第11章　すれ違う気持ち

王宮の庭園は優秀な庭師達の手によって常に完璧な姿を見せ、訪れる者達の目をいつでも楽しませてくれる。

ソフィア様も時々その庭園でお茶会を開かれるのだが、リリアーナはそちらの庭園よりも西側にある奥庭によく足を運んだ。

以前ソフィア様に拉致されてお茶をご一緒したところである。

庭園は色とりどりの薔薇を中心とした大輪の花が見事に咲き誇り、一方西側の奥庭は可愛らしい小花が咲き揃っているが、庭園に比べるととても地味な印象だ。

そこにはあまり人が立ち寄らない、真っ白な小さくて可愛らしい四阿があり、穏やかな時間を過ごすにはピッタリで、お気に入りの場所である。

今日もその四阿でハーブティーとお菓子を頂きながら、まったりとした時間を楽しむ。

まさに至福の時間である。

リリアーナに用意されたお菓子は、ウィリアムが彼女のために『カロリーを出来るだけ抑えながらも美味しいものを』とパティシエに特別に作らせたものである。

実は、パティシエ達に迷惑ではと、特別なものを作らなくても量を減らしてもらえればとコッソリ伝えに行ったこともあったのだが。

当のパティシエ達は新しいテーマにやり甲斐を感じているらしく、日々リリアーナのためのお菓子作りに励んでくれている。


国王一家と食卓を共にするようになって数カ月が過ぎると、毎日の移動が大変だという理由で、王宮内にリリアーナの部屋を用意し、そこから学園に通わせるという話が持ち上がった。

父オリバーや兄イアン、特にエイデンは猛反対したが、王妃の強い意向で決定した。

そんなわけで、リリアーナは今、王宮で生活しているのである。

毎日顔を合わせていた家族に会えないのは少し寂しいが、移動の時間が減ったことでかなり楽が出来るようになったのは確かだ。

一生家族に会えないわけではないので、今はこの王宮での生活を楽しんでいる。

そして週末の今日は学園も王太子妃教育もお休みなので、お気に入りの本を数冊持って、この四阿に来ているのだ。

「お嬢様に、ご実家からお手紙が届いておりますわ」

手紙を渡してくれたのは、侍女のモリーだ。

リリアーナの王宮暮らしが決定した時、モリーはリリアーナ付きの侍女として王宮で働くことになった。

もちろんリリアーナたっての希望である。

「ありがとう、モリー。お父様かしら？　それともイアン兄様かしら？」

「この字はイアン様ですね」

「流石ね、モリー」

リリアーナは手紙を受け取ると早速読み始める。

「モリー」

「はい、お嬢様」

「お兄様から呼び出しのお手紙ですわ」

「はい？　お嬢様？」

リリアーナは黙って手紙をモリーに渡す。

モリーはいくら渡されたとはいえ、イアンに断りもなく読んでよいものかと躊躇していたが、『早く、早く！』と語るリリアーナの目に、小さく息を吐き手紙に目を通す。

そこには『リリアーナがいなくて寂しい』『家族皆がリリアーナが来るのを待っている』『次の休みには一度帰ってくるように』といった訴えが三枚の用紙にビッチリと書かれていた。

「これは一度、実家に帰った方がいいかしら？」

「そうですわね。ご家族様がお嬢様ロスにかかっておられますので」

「……何だかその言い方は嫌ですわね」

リリアーナは大きな溜息をつく。

立太子が近いのか、最近忙しくなったウィリアムとはあまり会えていない。

けれど正直、ずっともやもやした気持ちを抱いたままでいるので、その方がありがたいと思ってしまう。

気分転換にもなるし、一度実家に帰るのもいいかもしれない。

「モリー、イアン兄様にお返事を書くので、紙とペンを持ってきてちょうだい」

「そう思って、準備してございます」

どこから出したのか、モリーの手には紙とペンがある。

「流石だわ、モリー。王宮に来て磨きが掛かったのではなくて？」

「お褒め頂き、ありがとうございます」

二人は顔を見合わせて『うふふ』と笑い合い、リリアーナは兄イアンに返事を書くべくペンを取った。

翌週末、前日から準備しておいたお泊まりセットなどを馬車に積み込み、リリアーナはモリーを連れてヴィリアーズ邸へと向かった。

ヴィリアーズ家の面々と同じかそれ以上に過保護なウィリアムは、リリアーナのために出来るだけ揺れの少ない馬車を用意させ、護衛の騎士を四人もつけてきたのだ。

「ヴィリアーズ邸までそんなに遠くはございませんから、普通の馬車と、護衛の騎士は一人か二人で大丈夫ですわ」

リリアーナが『何をそんな大袈裟な』とでも言いたそうな眼差しを向けるが、ウィリアムは頑として受け入れようとしなかった。

「これでも減らしたんですよ」と、ダニエルが後からコソッと教えてくれたのだが、リリアーナはモリーに愚痴を零してしまう。

「何でもっと減らすよう強く言ってくださらなかったのかしら」

「強く言ってあの人数だったんだと思いますよ」

モリーはそう言って苦笑した。

馬車に揺られること数十分。

馬車はヴィリアーズ邸の門を潜り、車寄せに停止する。

護衛についてきた騎士の手を借りて馬車から降りていれば、玄関の扉が勢いよく開き、中からイアンとエイデンが飛び出してきた。

「リリ、お帰りっ！」

「姉様、お帰り！」

護衛の騎士など視界に入っていないとばかりに、リリアーナ一直線で向かってくる。

タッチの差で兄イアンに軍配が上がったようだ。

「ああ、リリ。待ってたよ」

ギュウギュウと抱き締めながら満面の笑みを浮かべるイアン。

「兄様だけじゃないからな。俺だって待ってたんだから」

イアンに負けじと、エイデンも必死にアピールする。

騎士達は、そんな彼らの溺愛っぷりを目の当たりにし、ドン引きである。

リリアーナが王宮へ戻るのは翌日の夕方予定のため、騎士達は一旦ここで引き返し、また迎えに来ることになっている。

リリアーナがもがいてようやくイアンの腕から逃れたのは、騎士達がヴィリアーズ邸の門から出ていった後だった。

「イアン兄様が放してくださらないから、彼らにお礼も言えなかったではないですか！」

頰を膨らませて怒る姿に、今度はエイデンが、

「姉様、怒った姿も可愛い！」

ギュウギュウと抱き締め、頭に頰摺りをしている。

これに付き合っていると時間の無駄となるため、モリー達使用人は何もなかったかのようにスルーし、馬車から下ろした荷物をリリアーナの部屋へと運んでいくのであった。

「モリーったら、酷いですわ！　なぜ助けてくれませんの？」

あらかたの荷ほどきを終え、ハーブティーを淹れているモリーに、リリアーナは恨みがましい視線を向ける。

「いつものことでございましょう？」

しれーっと言われ、リリアーナは言葉に詰まる。

「だとしても、ですわ」

「あー、はいはい。次はお助けしますよ。……多分」

「モリー？　聞こえてますわよ。最後の多分は余計ですの」

……今後もモリーの助けは期待出来なそうである。

それはそうと、リリアーナが先程から何度も欠伸をかみ殺していることに、モリーは気

付いていた。

「お嬢様、夕食の時間まで少しお休みになりますか？」

「そうね、そうさせてもらうわ」

毎日の王太子妃教育と、国王一家と同席の最早『晩餐』と言えるレベルの高い夕食。

緊張の続く毎日に、本人も気付かぬうちに疲弊していたのだろう。

実家の自分の部屋という安心出来る場所で、リリアーナはあっという間に深い眠りについた。


「お嬢様、夕食のお時間ですわ」

「……う～ん、あと三十分」

「そうですか、ではお嬢様は夕食をお召し上がりにならない、と」

「そんなことは言っておりませんの！」

慌てたように叫びながら、ガバッと勢いよく起きるリリアーナ。

「グッスリお眠りになられたようで。顔色がとても良くなっておりますわ」

モリーがクスクスと笑う。

「では着替えて夕食を頂きに参りましょう」

準備していたドレスにリリアーナを着替えさせ、ササッと髪に櫛を入れ、両親と兄弟の待つダイニングルームへと向かった。

「お待たせしてすみません」

ダイニングルームの扉が開くと、数カ月ぶりに見る懐かしい家族皆の揃った姿がある。

リリアーナが静かに席に着くのを待って、オリバーが食事前の感謝の言葉を捧げる。

思えば王太子妃教育が始まってからというもの、夕食は王宮で頂いていたリリアーナ。家族揃っての夕食は週末のみであったが、王宮暮らしが始まるとその時間すらなくなった。

当たり前だったことが懐かしく感じて、少しだけ寂しさを覚える。

久しぶりの我が家の食事は、とても素朴で温かい味がした。

「どうだ？　王宮での生活には慣れたか？」

父オリバーが何でもない風を装って聞いてくるが、その顔にはとても心配と書いてある。

「ええ、国王様ご一家との夕食は緊張しますが、完食してしっかりデザートも頂いておりますし、ご心配には及びませんわ」

その答えに家族全員が残念そうな目を向けてきた。

ある意味いつも通りのリリアーナにホッとして、エイデンが切り出す。

「そういえば、ウィリアム殿下の立太子までもうすぐみたいだね」

「そのようだな。リリアーナが王宮暮らしになったのも、それが一因だろう」

オリバーが神妙に返した。

次期王太子妃の身の安全を守るためには、王宮で暮らすのが一番良いからである。

「リリアーナがウィリアム殿下に選ばれた時には驚いたが、何だかんだ今日まで良好な関係を築いてきたようだし、このままリリアーナが王太子妃になるのだろうな」

「そうなると、今よりもっとリリに会えなくなるのか……」

イアンがそう言うと全員が項垂れ、悲しい雰囲気に包まれた。

「もう！　まだ王太子妃になれるかなど定かではありませんし、もしかしたらウィリアム殿下に他にお慕いする方が出来るかもしれないではないですか」

悲しい雰囲気を吹き飛ばすように、あえてリリアーナが明るく言うと、イアンとエイデンが聞き捨てならないと怒り始める。

「なに⁉　殿下はリリ以外の女性に目を向けているのか⁉」

「姉様だけを大事にしてくれないだなんて、いくら殿下でも許せない！」

「ちょ、ちょっと待ってください！　そういうことではなくてですね……」

リリアーナが慌てて二人を押し留めると、オリバーが間に入ってくる。

「リリ？　ウィリアム殿下がそのようなことを言っていたのかい？」

「い、いいえ。ですが、私達はその……恋人のような感じではなく、あくまでパートナーと言いますか……」

もごもごと説明していると、オリバーが核心を突くような質問をした。

「ウィリアム殿下は、リリのことが好きではないと？」

「……ウィリアム殿下には、とてもよくして頂いておりますわ。けれど、それは恋愛感情としてではないと思っております。ですから私、あまり深入りしないようにしておりますの」

ウィリアムのことを思うと、胸の奥がチクチクと痛むのは分かっていたが、リリアーナは思っていることを正直に伝えた。

するとオリバーは神妙な表情になる。

「……ふむ。リリの気持ちは分かった。私達はリリが王太子妃になろうがなるまいが、どちらでもいいと思っている。そんなことよりも、リリの幸せが一番だからね」

「そうだよ。結果的にどうなったとしても、僕達は姉様のことを喜んで受け入れるからね」

「このまま家にいてもいいんだよ」

とエイデンに続きイアンも言う。

過保護な兄弟にやれやれと思いながらも、逃げる場所があるということは素直に嬉しい。

しかし、オリバーだけはリリアーナの気持ちを見透かしているのか、話しだした。

「いいかい、リリ。私達はリリのことを一番に思っている。だからこそ、一度ちゃんとウィリアム殿下に向き合ってみなさい。私が知る限り、殿下は……いや、王宮に戻ったら、互いに正直な気持ちを話してみなさい。必ずだよ、いいね？」

諭すようにオリバーが言うので、リリアーナは素直に頷くしかなかった。

確かに今、ぐるぐると巡っているのは自分の心の中だけで考えていることだ。

ウィリアムにとって自分は都合のいい相手でしかないということも、勝手に結論付けたにすぎない。

そういえば、ウィリアムときちんと話したことがこれまでにあっただろうか？

思い返すと、婚約解消の直談判をまともに出来たことはなかったし、婚約解消について「諦めろ」と言われた時も、自分からは何も伝えていない。

ビジネスライクの付き合いだと割り切ることにしてからは、感情が溢れないようにしてきた。

ウィリアムから向けられる言葉も態度も、深く考えないように、自分に都合のいいように解釈していたかもしれない。

――本当は、自分の気持ちに向き合うのも、ウィリアムの本心を聞くのも怖いのだ。

けれども、ずっともやもやした気持ちのままでいるわけにはいかない。

お父様の言う通り、いつまでも目をそらすのではなく、そろそろ腹をくってウィリアムと話してみるべきだろう。

リリアーナはキュッと拳を握った。

翌朝。

「お嬢様、おはようございます」

「モリー、おはよう」

昨日は昼寝だけでなく夜もしっかり眠れたので、目覚めスッキリなリリアーナ。

「いつもこれくらいシャキッと起きて頂ければ助かりますのに」

モリーがクスクスと笑いながらシーツを剥がしていく。

今日は夕方に騎士達が迎えに来るのだ。

洗顔と歯磨きを終えたリリアーナが鏡台の椅子に腰掛けると、ベッドメイキングを終えたモリーがリリアーナの髪を丁寧に梳っていく。

「今日は夕方にはこちらの屋敷を出ますが、お昼過ぎまででしたらゆっくり出来ますわ。何かなさりたいことはありますか？」

「そうねぇ、久しぶりにモリーとお芝居でも観に行きたいですわね！　あ、でもいきなりは難しいですもの。やっぱり今日はお庭でゆっくりしますわ」

残念そうに微笑むリリアーナ。

芝居にはチケットが必須であるが、当日券が手に入るかは微妙である。

ウィリアムに頼んでボックス席を手配してもらえば簡単に済むことではあるが、わがままを言ってウィリアムの手を煩わせることはしたくないのだ。

「お嬢様、これ、何に見えますか？」

モリーがニコニコしながら何かの紙をゆっくり振っている。

「もしかして……それはお芝居のチケットですの？」

モリーはニッコリ笑顔で頷く。

「モリー、そのチケット、どうしたんですの？」

どう見てもボックス席のチケットである。

王都で最大の劇場のボックス席は全部で五つある。

一つのボックス席に座れる人数は、最大六人。

中央のボックス席は王族や他国の来賓用に空けてあるため、両サイド二つずつのボックス席のチケットが売りに出されるのだが、上級貴族でなければ手にするのは難しいのである。

つまり、モリーが購入したものではないはず。

「イアン様とエイデン様からのプレゼントですわ」

「イアン兄様達から？」

「はい。王宮での暮らしには何かと制限が多くて、気楽に芝居も観に行けないだろうからと」

「イアン兄様、エイデン……」

感激にうっすらと瞳に膜が張った、その時。

「さあ、急いで朝食を終えて支度をしないと、イアン様とエイデン様をお待たせしてしまいますわ！」

「え？　モリーと二人で行くのではないんですの？」

「もちろん私も便乗させて頂きますが、イアン様とエイデン様も一緒に行かれますわ」

うっすらと出ていた涙が急に引っ込む。

「……でもこれって、ベタベタな恋愛ものですわよね？」

「そうですね」

「この題材を兄弟と一緒に観るって、何というか微妙ですわね」

「ではイアン様とエイデン様を、ウィリアム殿下とダニエル様と思って芝居を観るとか？」

「それも微妙だわ。同性の友達と観るから楽しいのではなくって？」

「まあ、そうですけど。ですが芝居を観られないよりは、誰と一緒であろうが観られた方が良くありません？」

「……それもそうね。モリー、急いで支度をしますわ」

「はい、お嬢様」

リリアーナはまんまと乗せられた。

急ぎ朝食を頂き、薄く化粧を施し、お出掛け用のドレスに着替える。

髪をハーフアップにし、髪飾りと控えめな宝飾品を身につけたら完成である。

部屋のソファーへと移動し、王宮より持ってきたお気に入りのハーブティーを淹れてもらい、リリアーナがそれを頂いている間にモリーが自らの支度をしに行く。

モリーはあっという間に支度を終え、戻ってきた。

「相変わらず早いわね」

「着替えるだけですから」

令嬢はそれに時間が掛かるのですけどね。

ノックの音がして、モリーが扉を開けに行く。

「やあ、リリ。支度出来たんだね。リリはいつも可愛いね」

「姉様、似合ってるね」

いつものように褒めちぎる兄弟。

「イアン兄様、エイデン。今日はお芝居のチケットを用意して頂き、ありがとうございます。ボックス席など、チケットを入手するのは大変だったのではありませんの？」

「リリの喜ぶ顔が見られるのなら、何でもないさ。なあ？」

「ああ。姉様の笑顔が見られるのなら、これくらい大した苦労じゃないよ」

安定の溺愛っぷりである。

「ねえ、モリー？」

「はい、お嬢様」

「次はやはり、モリーと二人で観に行きたいわね」

「……そうでございますね」

とても甘々ラブラブでベタベタな恋愛もので女子としては楽しめたが、イアンとエイデンは途中から気持ちよさそうに船を漕いでいた。

正直そっちの方が気になって、お芝居に集中出来ませんでしたわ。

そのまま置いて帰ろうかとも思いましたが、劇場のご迷惑になっても困りますし。

仕方なく起こしてヴィリアーズ邸に戻ってきたのですが。

この二人、もし婚約者が出来てもこんな感じなのでしょうか？

何だかとても心配ですわね。

女っ気のない二人に、リリアーナは呆れた表情をした。

少し遅い昼食を頂いて寛いでいれば、予定の時間より少し早く、お迎えの馬車と困り顔の騎士達が迎えに来た。

「お迎えは夕方だと伺っておりましたが？」

言外に少し早くないですか？　という言葉が聞こえる言い回しでモリーがそう言えば、

「……」

騎士達は顔を見合わせ、申し訳なさそうな顔をするばかり。

まぁ、原因は誰か分かっておりますけどね？

急ぎ支度して帰りの時間を早め、迎えの馬車に乗り込む。

名残惜しさを感じつつも、家族に別れを言い、屋敷を後にした。

立太子に向けて忙しくしているウィリアムは、リリアーナが実家に帰省するために馬車に乗り込む頃、執務室でいつも以上の高さに積まれた書類の山と格闘していた。

このところ忙しくて、リリアーナとまともに会えていない。

しばらくはゆっくりと会話をする時間すら取れないだろうことは分かっている。

実家に帰省と言っても、明日の夕方には戻ってくるのも分かっている。

けれども情けないことに、彼女が王宮内にいないというだけで、こんなにも気落ちしている自分がいるのだ。

たとえリリアーナの姿を目にすることが出来なくても、同じ王宮内にいるというだけで安心出来る。

ウィリアムは、まさか自分がこんなにも誰かに執着するなど、夢にも思わなかった。

「……リリアーナはもうヴィリアーズ邸に着いただろうか」

「いやいやいや、さっき馬車に乗り込んだばかりだから」

リリアーナがいないだけでこんな状態になるウィリアムに、ダニエルはどうしたものかと頭を抱えた。

ただでさえ忙しいというのに、こんな腑抜けた調子では、書類の山は減らないどころか増える一方だろう。

「なあ、この書類……」

書類を片手に入ってきたのは、エロテロリスト・ケヴィンである。

「おいおい、何だよ。この部屋なんか空気が澱んでねえか？」

ケヴィンの言葉に無言で書類の山の奥を指差すダニエル。

ケヴィンが視線をそちらへ向けると、ウィリアムがいちいち溜息をつきながらペンを動かしている。

「……うへぇ」

そんなウィリアムの姿に、ケヴィンは顔を歪めて心底嫌そうに、面倒くさそうな声で呻いた。

「部屋が澱むほどの溜息って何だよ……」

「リリアーナ嬢が、先程実家に泊まりでお出掛けされてな」

「え？　なに？　殿下が何かやらかして実家に帰ったのか？」

ケヴィンの言葉にウィリアムが勢いよく顔を上げて、

「私が何をやらかすと言うのだ！」

と、苛立(いらだ)たしげに声を張り上げた。

その姿には、いつもの余裕(よゆう)が全くと言っていい程に見られない。

ギッと睨(にら)み付けると再び書類に目を向ける。

ケヴィンはそんなウィリアムを気にすることなくダニエルと話を続けた。

「ん～、やっぱり浮気(うわき)か？」

「いやいやいや、ウィルにそんな甲斐性(かいしょう)はないな」

「だよな。じゃあ、なんで実家に帰ったんだ？」

「ウィルと結婚(けっこん)して王太子妃になったら、なかなか里帰りなんて出来ないからな。今のうちに家族水入らずの時間を作りたいらしい」

「ふ～ん、じゃあすぐ戻ってくるんだろ？　なんでこんなに空気を澱ませてるんだ？」

「う～ん、自分の目の届かないところに行くのが嫌か、もしくはこのまま帰ってこなかったらどうしようって？」

「は？　なに？　相手の令嬢とは相思相愛なんじゃねえの？」

　バサバサバサッと物凄い音を立てて、ウィリアムの前に積まれた書類の山が雪崩を起こす。

「ああぁぁぁぁぁああ！　ウィル、何やってるんだよ！」

　ダニエルが慌てて机の下に散らばった書類を集める。

　せっかく仕分けてあった書類は見事に混ざっており「また仕分け直しかよ……」と呟きながら肩を落とし、ダニエルは大きな溜息をついた。

　ケヴィンは全く手伝う気がなさそうである。

　ウィリアムはそんな二人の姿など目に入っていないようで、机の一点をぼんやりと見つめながら呟いた。

「リリアーナは……私との婚約を、納得していないのだと思う」

　少しだけ離れていたケヴィンには聞こえなかったようだが、ダニエルの耳はウィリアムの呟きをしっかりと拾っていた。

「は？　どうしてそう思うんだ？」

　ダニエルは集めた書類を一旦机に戻しながら、眉をひそめた。

　そんなダニエルの表情に、なんだなんだ？　といった風にケヴィンが近付く。

「いや、リリアーナが私達のことを『良き婚約者』ではなく、『良きパートナー』と言っていたんだ……」

ウィリアムは、この世の終わりとでもいうような暗い顔をしている。

ケヴィンとダニエルはそんな暗い顔をするほどのことか？　と顔を見合わせる。

「なんかよくわかんねえけど、婚約者でもパートナーでも『良き』って付いているなら、どっちでも良くね？」

首をひねりながら言うケヴィンの言葉に、ダニエルも頷いた。

ウィリアムは静かに首を横に振って続ける。

「そうじゃないんだ。リリアーナは最初、この婚約を回避しようとしていた。結局そのまま正式に婚約することになったが、その後も婚約解消を狙っていたようなんだ。この前のパーティーの時、婚約は撤回しないとリリアーナに伝えたんだが、微妙な顔をしていた。だから、婚約者に選ばれたのもたまたまであって、自分でなくてもいいはずだと、いまだに納得していないままかもしれないと……」

「リリアーナ嬢がそう言ったのか？」

「いや、言われてはいないが……」

ダニエルは少し考えてから言った。

「なあ、ウィルはリリアーナ嬢のことが好き、なんだよな？」

「ああ。だが彼女にはまったく伝わってないように思うのだが……」

「けど、リリアーナ嬢とデートとかしていたよな？　それなのにダメって……ウィルはちゃんと彼女に言葉で伝えてなかったのか？」

「……」

ウィリアムはバツの悪そうな顔をしており、そんな様子にケヴィンは驚きと言うよりも呆れた表情になった。

「え？　マジで何も言ってねえの？　いやー、ないわ。婚約して一体何カ月経ってると思ってんのさ？」

それにダニエルも呆れた顔で答える。

「一年近く経ってるな」

「……あのさ、思っただけで伝わってたら苦労はしねえよ？」

「そうだな。きちんとウィルの口から、ウィルの言葉で伝えないとな」

二人は『いいことを言った』とばかりに満足そうな顔で頷き合っている。

ウィリアムはそんな言葉に深く頷きながらも、

「それは分かっているんだが、今さら何と言ったらいいのか……」

困ったように眉尻を下げる。

ケヴィンとダニエルは真顔になって言い切った。

「ヘタレだな」

「ヘタレ殿下だな」

　ウィリアムは二人から辛辣な言葉を突きつけられるも、事実リリアーナにはちゃんと伝えていないのだから、言い返す言葉もない。

「なあ、さっきから聞いてたら憶測と言い訳ばっかりでさ。ここでグダグダ言っていても相手に伝わるわけじゃなし、時間の無駄じゃね？　そもそも『氷の王子様』が守りたいのは自分のプライド？　それとも婚約者との信頼関係？」

　いつもヘラヘラ適当にしているはずのケヴィンが、珍しく真剣な顔でウィリアムに問いかける。

「もちろん、婚約者との信頼関係に決まっている！」

　真剣に答えるウィリアムに、ケヴィンはガリガリと頭をかいて「しょうがねえなぁ」とでも言いたげにアドバイスを送る。

「はぁ。どうせヘタレなんだから、格好つけずにそのまま思ったことを言えばいいだろ？」

　それに乗っかるダニエル。

「そうだな。ヘタレなんだから、上手に言おうなんて考えるだけ無駄だよな」

「相手に伝えることが重要だからな」

「伝えたあとに、キチンとリリアーナ嬢に伝わったか確認しろよ？　言っても伝わってなけりゃ、言っていないのと同じだからな？」

　ウィリアムは二人のヘタレ認定に悔しげに顔を歪めながらも、彼らの言葉をしっかりと受け止める。

「……そうだな。もっと早く気持ちを伝えておけばよかったと後悔するのは、今この時だけで十分だ。リリアーナが戻ったら、今度こそ、自分の気持ちを正直に、しっかりと伝えようと思う」

「おう、頑張れ」

ようやくやる気になったウィリアムに、ダニエルとケヴィンはやれやれといった風に肩を叩いてやるのだった。

第12章　王子様のプロポーズ？

とある週末。

王宮の西側の奥庭にある四阿にリリアーナはいた。

本を読んでいるうちに、ついウトウトと眠ってしまっていたようである。

どのくらいの間、眠ってしまっていたのだろうか。

目を覚ますとなぜか仰向けになっていた。

誰かが気を利かせてくれたのか、愛用の膝掛けがしっかりと掛けられている。

何よりすぐ近くにウィリアムの顔があり、リリアーナは飛び上がった。

どうやらウィリアムに膝枕をされていたらしい。

「起こしてしまったか？」

「す、すみません」

慌てて起き上がると、ウィリアムは少しだけ残念そうな顔をした。

「そろそろ昼時だから、一緒にどうかと思って誘いに来たんだが」

今日は騎士団の訓練に参加されていたようだ。

最近は近付いてくる立太子の日に向けて仕事量も更に増え、なかなか参加出来ないと言っていたのだが。

「それでしたら、こちらで一緒にランチにしませんか？」

今日は天気もいいし、風も穏やかでとても気持ちいい。

王宮の食事はいつも美味しいけれど、外で食べるランチはきっと、更に美味しく感じるだろう。

ウィリアムは快諾するとすぐに使用人に準備をさせた。

テーブルの上には次々と美味しそうな料理が並べられていく。

パスタはもちろん、サンドイッチやサラダやスープもある。

使用人達は少し離れた場所に待機しており、リリアーナはウィリアムと色々な話をしながら、のんびりとランチを楽しむ。

テーブルの上の料理がなくなると、

「ダニーが探しに来るまで、膝を貸してくれ」

言うが早いか、ウィリアムはゴロンと横になり、リリアーナの膝に頭を乗せた。

小さくて可愛らしい四阿は、横になった時に背の低いリリアーナにはピッタリだが、長身のウィリアムには少し窮屈そうで、膝が曲げられている。

「先程までウィリアム様に膝をお借りしておりましたから、今度は私の番ですね」

リリアーナは笑顔で了承した。

ウィリアムはゆっくりと目を瞑る。

ウィリアムが眠ったのを確認し、リリアーナはお気に入りの膝掛けを彼にそっと掛けた。

起きる気配は全くない。


小一時間程して、読みかけの本を読み終えたリリアーナは、眠っているウィリアムの顔をそっと覗き込む。

驚くほどに整った顔立ちの『氷の王子様』は、眠ると少し幼く見える。

髪と同じ色の睫毛はとても長く、目の下に影が出来る程である。

彼が起きている時には、こんなにしっかりと顔を見ることなどなかったが、令嬢達が騒ぐのも無理はない。

彼ならばどんな令嬢や他国のお姫様であっても、よりどりみどりであっただろう。

「あのとき他の誰かを選ばれていたら、あなたは今頃、その方に笑顔を見せておられたのかしら？」

困ったように眉を下げて小さな溜息を一つつく。

「本当に、どうして私を選ばれたのかしら」

あの時、選ばれたのが自分でなければこんなに悩むことはなかったし、胸の奥が痛むなんてことも知らずに済んだだろうに。

そんな風に思いながらも、リリアーナは父オリバーに言われたことを思い出した。

このままいつまでも、一人でもやもやと考えていていいんですの？

ウィリアム様と、正直に話し合ってみなければ。

この関係に決着をつけなければ――。

思わず彼の頰に手を伸ばした瞬間、目を開いたウィリアムにその手をいきなり掴まれた。

まさか起きていたとは思わず、リリアーナは驚いて固まってしまう。

ウィリアムは掴んだリリアーナの手を自らの頰へと触れさせた。

「リリアーナはまだ、私との婚約を解消したいと思っているか？」

思っていたことを見透かされたようで、リリアーナは目を見開く。

どこか泣きそうな、縋るような表情になりながら、ウィリアムは続ける。

「私は今まで、女性というものをまるで信用していなかった。だからあの時は、自己主張の強い者でなければ誰でもよかった。だがリリアーナと過ごす時間が増え、すぐにその考えは変わった。裏表がなく、幸せそうにお菓子を頰張る姿も、ちょっとズレているところも、一生懸命なところも、可愛いと思った。何よりリリアーナといると、自分らしくいられて楽しかった。リリアーナはいつだって私を王子としてではなく、ただのウィリアムという一人の人間として接してくれた。女性を愛しいなどと思ったのは、リリアーナが初めてだったんだ。……あの時リリアーナを選んだ自分を褒めてやりたいと思う。私にはもうリリアーナしかいない。リリアーナでなければダメなんだ」

　初めて耳にするウィリアムの想いに、リリアーナは混乱した。

　正直に話そうと思ってはいたものの、いきなり入ってきた情報が多すぎて、うまく理解出来ない。

「あの、私でないとダメって……どういうことですの？」

「リリアーナが好きなんだ」

　好き？　……私を。誰が？　……ウィリアム様が。

　ウィリアムの言葉をすぐに理解出来ず、リリアーナは呆然とする。

　……ウィリアム様は都合がいいからと、私を婚約者に選ばれた。それは間違ってはいない。

　けれど、その後は都合など関係なくなっていたと仰るの？　いつから？

　では、今までのあれこれは、からかわれていたのではなく、純粋に好意からの行動だったと？　むしろ好意どころか……好き!?

　そこまで思考が繋がり、ボンッと一気に顔が熱くなった。

　これまでずっと、自分はウィリアムにとって都合のいい婚約者であると思い込んでいた

からこそ、なかなか素直に信じられない。

ましてや『氷の王子様』が自分を好きになるなんてと、リリアーナは慌てて言葉を紡いだ。

「あの、えっと、私今まで全く好意を持たれるようなことはしておりませんし、というより、むしろ引かれるようなことばかり致しましたし……それにずっと、ウィリアム様にとって都合がいいだけの婚約者だと思っておりましたから」

「リリアーナ」

ウィリアムは起き上がると、あたふたするリリアーナを抱き締めた。

「私はそんなリリアーナを好きになったのだ。どうしたら信じてもらえる？」

耳元で囁くように言うウィリアムに、リリアーナはついに観念した。

……世の女性達に伺ってみたいですわ。

こんな風に抱き締められて、耳元であんな台詞を言われ、落ちない方っておりますの？

しかも相手はあの、女性に冷たいとされる『氷の王子様』ですもの。

こんな特別扱いされて、嬉しくないわけがない。

リリアーナはずっと気付かない振りをしていた自分の気持ちを、もう抑えることが出来なかった。

「リリアーナ？」

「わ、私もウィリアム様がいいですわ」

恥ずかしすぎて小さく呟くように言うと、ウィリアムは抱き締めていた腕を解いて顔を覗き込み、驚いた表情を見せてから嬉しそうに笑った。

そんなウィリアムの手をリリアーナはキュッと握る。

ちゃんと話せば簡単なことだった。

お互いにすれ違っていた想いが、ここにきてようやく繋がり、二人は安堵と共に幸せそうな表情を浮かべたのだった。

「実はな、リリアーナが『良きパートナーですから』と言っていたのを聞いて、正直焦ったんだ」

「え？　聞いておりましたの⁉」

自分を納得させるために勝手に結論付けていたことを知られていたとは。リリアーナは戸惑った。

「パーティーの時に、ちょっとな。だからリリアーナは、私のことが好きではないのだと思っていたんだが、たとえ一方通行の気持ちだとしても、リリアーナに自分の気持ちを伝えるべきだと思ったのだ」

「あの、良きパートナーというのは、その……」

「大丈夫だ。今の流れでちゃんとリリアーナの気持ちは伝わって……いや、やっぱり本人の口から順を追って説明してほしいな？」

意地悪そうに笑うウィリアムに、リリアーナは頬を膨らませた。

「もう！　意地悪なことを仰るなら、一生お話ししませんからね！」

プイッと横を向くリリアーナに、ウィリアムは笑みを零した。

「お～い、そろそろ訓練の時間……って、あれ？　二人とも何かあったのか？」

そこにダニエルがウィリアムを呼びに来たが、二人の間に漂う空気が、今までと違い甘さを含んでいるのに気付いたのだろう。

「いや、何でもない。リリアーナ、また後で」

「は、はい」

照れた表情を見せる二人に、ダニエルはようやくウィリアムの想いが報われたのだと、嬉しそうな表情を浮かべた。

「リリアーナはまだここにいるのか？」

「そうですわね、もう少しだけここで本を読んでいきますわ。涼しくなる前には部屋に戻ります」

「じゃあ、リリアーナの好きなハーブティーとお菓子の用意をするように言っておく」

ウィリアムに「ありがとうございます」と言おうと口を開きかけた時。

「お菓子はまずいんじゃないか？　またボタンが飛んだら……あ」

ダニエルの口から思わず出てしまっただろう台詞をリリアーナはしっかりと耳にした。

ダニエルはしまったという顔をしながら、慌てて口に手を当てたが、もう遅い。

「なぜ、あなたがそれを知っておられますの？　……ねえ、ウィリアム様？　あなたにしか話していないことが、どうしてこのマッチョに知られているのでしょうね？　不思議ですわねぇ？」

せっかくの雰囲気も吹き飛び、リリアーナは般若のような表情で怒った。

ダニエルに至ってはマッチョ呼び。

二人はその場に正座をさせられ、リリアーナによって髪をレゲエのように細かく三つ編みにされ、今日一日解くことを禁止された。

乙女の秘密を無闇矢鱈に人に言うものではないということを、身をもって体験した二人だったが、リリアーナの怒りはまだ完全に収まったわけではない。

「マッチョには机の角に足の小指をぶつけるお祈りを、ウィリアム様には常に靴の中に小石が入っているお祈りを致しますわ！」

リリアーナは地味に嫌なお祈りを宣言した。

せっかく想いを通じ合わせたというのに、ダニエルの余計な一言で台無しになったのであった。

夕食の席にて。

国王以下、皆の視線がウィリアムの頭へと向けられている。

いつもはキッチリと後ろで一つに結わえられているサラサラの長い金髪は、見たこともない奇抜な細かい三つ編みヘアになっている。

なぜそんな髪型でいるのか。

聞こうにも聞けない雰囲気の中、オースティン殿下が声を掛ける。

「兄上、その頭……」

「何も聞かないでくれ」

「……そうですか」

ウィリアムの落ち込んだ顔を見て、これ以上は聞いたらいけないと皆出来るだけウィリアムを見ないようにし、その日はいつもと違ってとても静かな夕食となったのだった。

そしてそんな中、リリアーナだけが何事もなかったかの如く、美味しい夕食を満喫していた。

「リリアーナ、すまなかった。もう二度と、誰にも言わないから、機嫌を直してもらえな

いか……？」

いつも通りウィリアムの髪は、リリアーナとお揃いで買った髪紐で、後ろで一つに結ばれている。

レゲエのような頭は、残念ながら一日限定の罰だったため、今後再び見られるかどうかは不明である。

『氷の王子様』と言われた姿はリリアーナの前限定で、すっかり影を潜めている。

「……許しませんわ」

リリアーナはソファーの端っこに座り、頬を膨らませてプイッとウィリアムがいるのと反対側の方へ顔を背けた。

「どうしたら許してくれる？」

べつにリリアーナは本気で怒っているわけではないのだ。

ただ、自分の恥ずかしい話を他人に、しかも自分にとっても身近な人間に話されたことがたまらなく恥ずかしく、嫌だった。

出来ることならウィリアムにも、誰にも知られたくはなかったことなのだから。

彼にとってダニエルは、リリアーナにとってのモリーと同様に大切な幼なじみであり、誰よりも信用しているのは分かっている。

けれど、やはり嫌なものは嫌なのだ。

お仕置きに過激なヘアスタイルをさせてみたり、地味に嫌なお祈り（呪い）をしてみてもスッキリしない。

ウィリアムが隣に腰掛けると、リリアーナは避けるようにして立ち上がり、一歩離れた。

「ウィリアム様は、淑女の気持ちがまるで分かってらっしゃらないのですわ！　それに、よりにもよってダニマッチョに言われるなんて……」

「すまない、リリアーナ。ダニエルにも口止めはしてあるから」

そう言ってウィリアムがソファーの端まで寄ると、リリアーナはまた一歩離れてしまう。

「そうだ、リリアーナが好きそうだと思って、昨日のうちに取り寄せておいたんだが……」

そう言いながら、ウィリアムは何かをポケットから取り出す。

リリアーナが目線だけをチラリとそちらに向けると、ウィリアムの手には小さなガラス細工のウサギが乗っていた。

「まあ、なんて可愛い！」

思わず手を伸ばそうとするリリアーナの腕を、ウィリアムが引っ張る。

そのままリリアーナはウィリアムの胸に飛び込むような体勢になってしまった。

「ひゃあ！　何を……」

「捕まえた」

逃がさないと言わんばかりに、ウィリアムはリリアーナをぎゅうっと抱き締めた。

そして意地悪そうに目を細めて言う。

「リリアーナの言う通り、私はまだまだ女性の気持ちに疎い。だから、リリアーナが教えてくれないか？　昨日『私がいい』と言ってくれたが、それはどういう意味だい？」

「なっ！　そ、それは……」

恥ずかしい告白をウィリアムの口から言われると、余計恥ずかしく、リリアーナは顔を真っ赤に染めた。

「私はリリアーナが好きだ。リリアーナでなければダメなんだ。これからもずっと、私の隣で笑っていてほしい。……ねぇ、リリアーナ？　君は私を選んではくれないのかい？」

ウィリアムはあえて拗ねたように聞いてくる。

リリアーナは恥ずかしさに体をきゅうっと縮こまらせ、ウィリアムの胸に顔をうずめた。

そして聞こえるか聞こえないかの小さな声で一言。

「……好き」

やっとの思いで吐き出した後、ウィリアムは再度ぎゅうっと抱き締めてから「ありがとう」と優しく頭を撫でてくれた。

「ねえ、リリアーナ？　いつまでも俯いていないで、顔を見せて？」

甘く囁くように言われるが、いまだ熱の引かない真っ赤なままの顔を見られるのは恥ずかしく感じて、リリアーナは「ウィリアム様の意地悪！　しばらくは実家に帰らせて頂きますわ!」と訳の分からないことを言い、ウィリアムを笑わせるのであった。

ＦＩＮ

番外編　ある日のヴィリアーズ兄妹の会話

「イアン兄様、王宮からとても珍しいお菓子をちょろまかし……頂いてきましたの。エイデンも呼んで、一緒に頂きましょう！」

リリアーナがご機嫌な様子で兄イアンの部屋へ飛び込んでくる。

一部不適切な言葉が混じっていたようであるが、イアンはいつものようにスルーした。

「私達にも分けてくれるのかい？　リリは優しい子だね」

イアンはリリアーナを撫でながら使用人にエイデンを呼びに向かわせ、そのまま部屋でお茶することにした。

リリアーナが王宮から持ち帰ったお菓子は『カリソン』という、フルーツの砂糖漬けとアーモンドにオレンジの花水などを入れて練り合わせ、菱形にして焼いた菓子である。

手間が掛かるため、扱う菓子店が少なく、なかなか手に入れるのが困難なようだ。

エイデンも揃ったところで、兄妹のお茶会スタートである。

仲のいい三人が集まればとても賑やかになる。

あれこれ楽しく話していたところで、イアンが突然思い出したように話しだした。

「そういえば、最近パーティーに参加すると、リリの話をよくされるんだよ」

「私の話を？　まあ、どなたかしら？」

「どうせ、ろくでもないことじゃないの？」

そんなことを言うエイデンを、リリアーナがジロリと睨む。

「うん、まあ。色々な令嬢からな」

「……ご令嬢、ですか？　一体どんなお話なんですの？」

「それがなあ、リリアーナのことをベタ褒めされるんだよ」

「「はぁぁぁぁああ？」」

リリアーナとエイデンはあり得ないというように眉間に皺を寄せて、同時に叫ぶ。

「いや、だってさ。普通に考えてさ。『王子様の婚約者』の座を射止めた姉様に嫉妬で嫌がらせしたり、ありもしない噂を流したりするなら分かるけど、褒めるなんて……一体何を褒めるところがあるのさ？」

「……エイデン、それリリアーナを貶めてるから」

リリアーナはプクッと頬を膨らませて怒りを表している。

エイデンは『しまった』と思いながらも、笑いながら「ごめんごめん」と頭を撫でているため、まったく反省した態度ではない。

イアンはそんな二人を見ながら、ここ最近令嬢達に言われた言葉を思い出していた。

『イアン様の妹のリリアーナ様は、とってもお兄様思いの素敵な方ですわね』

『リリアーナ様はとても可愛らしい方ですわね。私きっと仲良しになれると思いますの』

『リリアーナ様に、今度私の家で主催するお茶会にぜひご参加くださいますよう、お伝えくださいませ』

などなど、皆口々にリリアーナを褒めちぎるのである。

確かに妹は可愛いが、令嬢達が褒めるのは何かおかしい気がするのだ。

「それで先程の話の続きだけど、必ず最後に『リリアーナ様によろしくお伝えくださいませ』って言われるんだよ」

そこまで聞いて、リリアーナは思い出す。

ウィリアムとの婚約に嫉妬した令嬢達に度々呼び出されるのが面倒だったので、大人しくして頂こうと、婚約者の決まっていないイアンとエイデンを犠牲……話題にしていたことを。

リリアーナの背中を嫌な汗がツツーッと伝っていく。

挙動不審に視線をあちこちに向けるリリアーナの姿に、

「リリ？　何か心当たりでもあるのかい？」

とイアンが尋ねる。

「そ、そんな。滅相もない。それは……きっとイアン兄様がなかなか振り向いて下さらないから、まず妹の私を味方につけようとなさっているのではなくて？」

「そうなのかな？　あまり意味がなさそうな気がするけど」

「いえ、きっとそうなのですわ。お兄様は適齢期の令嬢達に大人気ですもの。おモテになるのも大変ですわね。……それはそうと私、用事を思い出しましたの。そろそろ自分の部屋に戻りますわね」

　早口でまくし立てるとスタッと立ち上がり、リリアーナはあっという間にイアンの部屋を後にした。

　その場に残された兄弟は顔を見合わせる。

「あれ、絶対に何かしてるよな？」

「うん。姉様はうまく隠してるつもりみたいだけどね」

「まったく隠せてないけどな」

「本当にね。それにしても、まさか姉様があの氷の王子の婚約者になるとはね……」

「国一番のデカい虫をつけてしまった……」

　二人揃って大きなため息をつく。

「ねえ、氷の王子はさ、一体姉様のどこを気に入ったんだと思う？」

「う～ん、それがサッパリ分からない。リリは鼻毛を侮るなってアドバイスしたって言ってたろ？　普通はさ、令嬢の口からそんな言葉が出たら、引かないか？」

「う～ん、そんな話されたことないから、なんとも……」

微妙な表情を浮かべる二人。

「菓子を食べさせられたとも言っていたな……」

「確かに姉様が口いっぱいに頬張る姿って、リスみたいに可愛いけどね。姉様はさ、ちょっと残念なところが多いけど、そこがまた憎めないっていうか、可愛いんだよね」

「例えば？」

「目立たないように壁と同色のドレスを選んだはずなのに、違う色の花瓶の横に座ってたりとか。どこか抜けてるんだよなぁ、姉様は」

「まあ、確かに残念なところは多いかもしれないが、それでも」

「「うちのリリ（姉様）は可愛い！」」

今日もリリアーナへの溺愛が止まらない、イアンとエイデンである。

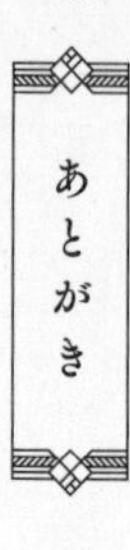

あとがき

はじめまして、翡翠と申します。

このたびは数ある作品の中から『小動物系令嬢は氷の王子に溺愛される』をお手にとって頂き、ありがとうございます。

本作品はインフルエンザでベッドから起き上がれない状態の時に、妄想力を総動員しながら書き始めた小説です。

苦しいながらもスマホ片手に『軍服』『溺愛』『王子様』と、とにかく好きなものを詰め込み、不気味に「うふふ～」と笑いながら書いておりました。

書籍化のお話を頂くまでは、小説を書いていることは誰にも内緒にしておりましたので、そんな私の怪しい姿に家族もドン引きしておりましたが（苦笑）。

本作はまず氷の王子様のウィリアムが生まれ、軍服を着せたいがために近衛騎士団の副団長という設定が出来上がり、次にウィリアムが溺愛するヒロインはどんな女の子にしようか悩みました。

格好いいキレイ系お姉様にするか、小動物系の女の子にするか。

結果小動物系の女の子を採用したわけですが、女の子にも好かれる『おバカ可愛い』キャラを目指しました。

作中の、リリアーナの地味に嫌なお祈りシリーズを考えるのは、とても楽しかったです。


その後打ち合わせ予定日に再度インフルエンザに罹患してしまったり。

大幅加筆修正に思った以上に時間が掛かってしまい、担当者様他関係者様には多大なるご迷惑をお掛けし、本当に申し訳ございませんでした。

何とか書き上げることが出来ましたのは、担当者様のお陰です。

本当に、本当にありがとうございました。


今回イラストを描いて下さいました、あぐ様。

素敵なイラストをありがとうございます！

たくさんのキャララフのデータを頂き、それを目にした瞬間。

私の想像以上の可愛いリリアーナとウィリアムの軍服姿に悶え、ヴィリアーズ兄弟に悶え、そして筋肉マッチョなダニエルに悶え、ケヴィンの色気に悶えておりました。

喜びの（怪しい）舞を舞っているところを家族に見られ、可哀想なものを見る目をされて若干傷つきましたが（泣）。

仕事と執筆のことで余裕のない私を、温かく見守ってくれていた家族に感謝です。

最後に、お読み頂きました皆様に感謝を込めて。
少しでもほっこり楽しんで頂けたなら、幸いです。
それではまたお目にかかれますように……。

翡翠

■ご意見、ご感想をお寄せください。
《ファンレターの宛先》
〒102-8177 東京都千代田区富士見2-13-3
株式会社KADOKAWA ビーズログ文庫編集部
翡翠 先生・亜尾あぐ 先生

●お問い合わせ
https://www.kadokawa.co.jp/（「お問い合わせ」へお進みください）
※内容によっては、お答えできない場合があります。
※サポートは日本国内のみとさせていただきます。
※Japanese text only

小動物系令嬢は氷の王子に溺愛される

翡翠

2020年5月15日 初版発行
2021年9月30日 5版発行

発行者 青柳昌行
発行 株式会社 KADOKAWA
〒102-8177 東京都千代田区富士見2-13-3
（ナビダイヤル）0570-002-301
デザイン Catany design
印刷所 凸版印刷株式会社
製本所 凸版印刷株式会社

ISBN978-4-04-736091-4 C0193

◇◇◇